KB096424

오프로드

표명희 장편소설

다이어리

창비

차 례

세 개의 시선

하나

새벽 기운이 묻어나는 창으로 희붐하게 빛이 흘러든다. 실내가 차츰 모습을 드러낸다. 한쪽 면이 벽에 붙어 있는 사각 식탁 위에 장 본 물건으로 그득한 대형마트 비닐백이 올려져 있다. 식탁 한쪽에는 물병과 잔이 놓여 있다. 누군가 앉았다 일어선 모양인지 의자하나는 식탁에서 비뚜름하게 비껴 나와 있다. 간간이 냉장고의 기계음만 들릴 뿐 주방은 숨 막히도록 고요하다. 주방 바닥 한가운데 의자 하나가 나뒹그러져 있다. 쓰러진 의자에서 두어 뼘 위쪽의 허공, 미세하게 공기를 가르며 뭔가 흔들리고 있다. 발이다. 야위고 창백한 사람의 맨발……. 실내가 점점 밝아오면서 발의 주인이 모습을 드러낸다.

둘

하늘 꼭대기에 올라앉은 해는 무심히 빛을 흘려보내고, 구름은 푸른 하늘에 습관처럼 걸려 있는 나른한 오후. 무거운 눈꺼풀을 간신히 버티고 있을 때였다. 허공에서 검은 그림자가 휙 떨어져 내렸다. 새라고 생각한 순간, 정지 화면처럼 검은 눈동자와 마주쳤다. 날개가 하늘을 가릴 듯 거대해 보이는 새의 눈! 비명과 웅성거림, 그리고 아이들이 우르르 창가로 몰려간다. 교실이 술렁인다. 무수한 시선이 토해내는 탄성과 흐느낌……. 하지만 자리에서 꼼짝할 수 없다. 떨어진 것은 새가 아니었다. 안 봐도 알 수 있다. 그 깊고 반짝이던 눈빛의 주인을, 짧은 순간 마주친 그 눈이 작별 인사였음을. 안녕, 잘 있어 친구!

셋

엔딩 크레딧이 다 올라갔다. 빔은 모니터 앞에서 꼼짝할 수 없었다. 처음 십 분쯤 봤을 때는 '뭐 이딴 영화가 다 있어.' 싶었다. 주먹질과 말싸움, 욕지거리가 절반도 넘었다. 카타르시스는커녕 은근히 스트레스 쌓이게 하는 영화. 그럼에도 눈을 뗄 수 없었다. 감독의 고집에, 보는 이의 오기가 한몫했다. '누가 이기나 보자.'라는 식으로 화면을 좇아갔더니 어느 순간 가슴 서늘한 감동이 밀려들었다. 드라이아이스 같은 감동이랄까. 얼음보다 차지만 물기를 남기지 않는, 그래서 그 차가움이 뜨겁게 느껴지기도 하는 이상야릇한 감동…… 어느 음악광의 말을 빌리자면 '아침에 짐노페디를 들은 기분' 같았다. 그는 오전에 짐노페디를 들으면 이박사의 뽕짝 메들리를 한 시간 이상은 들어줘야 한다고 했다. 그래야 현실로 돌아올 수 있다는 것. 빔은 한물간 뽕짝 메들리가 마음에 들지 기도 했지만, 그보다는 굳이 현실로 돌아가야 하나 싶은 때가 더 많았다. 현실과 비현실, 그것은 남극과 북극의 차이쯤으로 보였다. 지구에서 가장 먼 양 극점에 각자 위치해 있지만 춥기는 매한가지여서 거기가 거기처럼 여겨지는 곳.

뽕짝 메들리에 견줄 만한 게 뭐가 있을까? 전문가의 처방을 떠올려보다 빔은 카페에 접속하기로 했다. 채팅이라도 하면 기분이 좀 '업' 될 것 같았다.

마침 앨리스가 접속해 왔다.

— 안뇽~ 앨리스.

— 하이, 빔^^ 영화 봤지?

— 빙고!

— 무슨 영화?

— 「똥파리」.

— 제목 한번 징허게 적나라하네.

— 징글맞게 감동적이야. 감독 혼자 다 해먹은 영화이기도 하고.

— 얼마나 해먹었는데?

— 감독이 주연을 맡은 데다, 시나리오까지 직접 썼더라고.

— 크~ 빔의 이상형이네.

— 그래서 더 감동 먹었지. 앨리스도 봐봐.

— 빔이 추천하는 영화, 하나같이 잼없던걸. 마니아들만 열광하는 거잖아.

— 입맛 한번 바꿔봐.

— 작가주의 감독이 꿈인 사람이나 실컷 보셈. 내겐 「해리포터」나 「아바타」 같은 게 딱이야.

— 앨리스는 뭐 했어?

— 병원 갔다 왔어. 한 달에 한 번 효녀 심청 되는 날이라.

— 오늘은 의사가 뭐래?

— 맨날 똑같은 멘트.

약은 잘 챙겨 먹고 있니? 네에.

식사도 잘하고? 네에. 밤에 잠은 잘 자? 네에.

어디 불편한 데는 없고? 네에.

약 처방해줄 테니 꼬박꼬박 챙겨 먹어. 네에.

그렇게 구라 치면서 병원놀이 하고 왔지.

의사 샘은 로봇, 난 앵무새 역할.

— 병원비 아깝겠다.

— 효도 비용인 셈 쳐야지.

— 간만에 바깥 구경한 소감은?

— 모자 푹 눌러쓰고 다녀서리, 본 것도 없어.

— 여기 사람들은 다들 외출 때 모자 패션이더라.

— 비 오면 더 좋지. 우산까지 받쳐 쓸 수 있으니. 그나저나 난 아직 외출복도 못 갈아입어서리, 이따 봐~

— 굿빠이^^

앨리스가 '이상한 나라'를 나갔다. 이상한 나라는 대인기피증이 있는 이들의 온라인 카페 '세상 속으로'에 있는 비공개 채팅방이다. 분열증 심한 어느 회원의 횡포를 피하기 위해 앨리스가 따로 만든, 이른바 '멤버십' 채팅방이다.

앨리스는 특목고에 다니는 우수 학생이었지만 학교에 심각한 알레르기 반응을 보이다가 자퇴한 경우였다. 정확한 원인은 알 수 없었지만 '범생'들이 흔히 그렇듯 성적 문제가 가장 컸을 것 같았다.

— 외고 입학해서 본 첫 시험에서 꼴등 했지 뭐야. 죽고 싶었어.

중3 때까지 선두를 달리던 모범생의 첫 좌절이자 굴욕이라 할 만했다. 등굣길이 집으로 돌아가는 가출 소녀 심정 같았다고 했다. 엄마 아빠 손에 이끌려 병원에 간 앨리스는 전문의로부터 '시선공포증'이라는 진단을 받았고 기말고사를 앞둔 채 자퇴했다.

또래들에 비해 앨리스는 사려 깊고 어른스러웠다. 가끔씩 한 차원 높은 말로 빔을 감동시켰다. 착하기로는 콩쥐 저리 가라였다. 나쁘거나 잘못된 일은 모두 자기 탓으로 여기는 데 익숙했다. 그래서 붙은 별명이 '내 탓'이었다.

— 착한 것도 병이야. '내 탓'만 안 해도 앨리스는 훨씬 좋아질 텐데.

카페 친구들은 앨리스의 '내 탓'을 증상으로 여겼다. 다들 남의 증상을 알아채는 데는 선수였다.

— 앨리스는 엄마가 쇼핑 중독인 것도 자기 탓, 아빠가 유난히 가정적인 것도 자기 탓, 반 평균이 떨어진 것도 자기 탓으로 여기잖아.

— 지구온난화도 자기 탓으로 여길걸.

우스갯소리까지 나왔다.

쪼로록 — 배꼽시계가 정확히 신호를 보내왔다. 정오를 훌쩍 넘어선 시간, 빔은 자리에서 일어났다. 방을 나서자 거실 창으로 쏟아지는 빛에 눈이 부셨다. 이 집으로 이사 오고 가장 불편한 게 채광 문제였다. 그것만 뺀다면 이전에 살던 지하 셋방에 비할 바가 아니다. 각자 자기 방을 가질 수 있게 된, 삼십 평형대의 이 빌라는 처음엔 종합운동장만 해 보였다. 이전의 단칸방에서 서너 걸음이면 해결되던 동선이 엄청나게 길어졌다.

집 안은 여느 날과 마찬가지로 임시 휴교일의 학교 같다. 엄마나 누나에게 집은 휴식을 위해 잠깐 머무는 곳이다. 그래서 빔은 온종일 이 조용한 세계를 독차지할 수 있다.

빔은 예전의 엄마와 자리바꿈한 셈이었다. 한때, 엄마는 하루 종일 침침한 방에 웅크리고 있었다. 학교에서 돌아와 보면 엄마는 아침에 있던 자리에 똑같은 모습으로 머물러 있었다. 방바닥에 끈끈이라도 붙은 것처럼. 어떤 날은 엄마의 눈이 벌겋게 충혈되고 눈두덩이 부어 있기도 했는데, 그런 변화라도 있으면 차라리 나았다.

"우울증이야."

이모가 내린 진단이었다.

보험설계사 일을 하면서 이모는 부쩍 빔의 집을 찾는 일이 잦았다. 집으로 들어서면 이모는 바닥에 털썩 주저앉아 부어오른 종아리부터 두드렸다.

"우울증 그거, 팔자 좋은 사람이나 걸리는 건데⋯⋯."

그러면서 이모는 자살한 연예인들 사례를 시시콜콜하게 늘어놓았다.

우울증이 얼마나 종잡을 수 없는 병인지는 빔도 잘 알고 있었다. 엄마의 증상을 바로 곁에서 생생하게 보고 겪었기 때문이다. 엄마의 상태에 따라 집안 분위기는 냉탕과 온탕을 정신없이 오갔다. 증상이 좀 나아지면 엄마는 언제 그랬냐는 듯 한동안 활달하고 거침없는 생활을 했다. 온 집 안을 뒤집어놓듯 대청소를 하거나 장을 잔뜩 봐 와서 잔칫상을 차려 내놓기도 했다. 그러다 한번씩 엉뚱한 일도 벌였다.

"매달 십만 원이 더 필요하게 생겼다. 보험 들었거든."

두 남매에겐 폭탄선언이나 다름없는 말이었다.

"우리 앞날을 책임져줄 건 보험밖에 없어."

엄마는 하루아침에 보험 예찬론자가 돼 있었다. 한동안 문지방 닳듯 드나든 이모의 영향이 컸다.

그때부터 보험은 가족의 앞날을 보장해주는 집안의 든든한 기둥으로 자리 잡았다. 보험금 마련을 위해 빔은 한 시간 더 일찍 일어나 우유 배달을 해야 했고 누나는 편의점 일을 두 시간 더 연장했다. 엄마도 마음을 다잡고 친구가 하는 식당에 나가기 시작했다. 보험이란 노예선의 채찍 같았다. 사람을 쉴 새 없이 일하도록 만들었다. 식구들 각자 서로 얼굴 볼 일이 없어졌다. 그즈음 빔이 가졌던 의문은 아빠 혼자 일하는 친구네에 비해 온 식구가 일하는 자기네 집이 언제나 턱없이 가난하다는 사실이었다. 하지만 보험을 들고부터는 그런 생각도 들지 않았다. 그런 생각을 할 겨를조차 없었다.

식탁 위에는 못난이 김밥과 찐 고구마, 오곡 식빵이 차려져 있다. '나 홀로 집' 생활에 빠진 아들을 위한 엄마의 배려다. 주방 창으로 흘러 들어온 햇빛이 그 모습을 환하게 비추고 있다. 아릿한 감동이 일도록 눈부신 광경이다. 빔은 도마 두 개를 가져다 창 앞에 가지런히 세워놓았다. 빛이 절반으로 가려지자 실내는 한결 차분하게 가라앉았다.

이사하던 날, 거실 창에 커튼을 달자고 했을 때 엄마는 눈을 동그랗게 떴다.

─비 온 날 웬 개구리 뭉개는 소리? 침침한 지하 방, 생각만 해도 몸서리나건만.

엄마야말로 올챙이 시절을 까맣게 잊은 듯했다. 집안의 원조 은둔자는 엄마가 아니었던가.

사실 '그날' 이후 모든 것이 달라지긴 했다. '그날'이란 말만 떠올려도 이 빠진 면도날이 심장을 긋고 지나가는 것 같다. 빔의 가족에게 닥친 '그날'은 한 번이 아니었다. 첫 번째 '그날'은 아빠의 죽음으로 찾아왔다.

장례식 끝나고 엄마는 빔을 앉혀놓고 다짐하듯 말했다.

— 이제, 우리 집 가장은 너야. 네가 이 엄마와 누나를 책임져야 한다.

엄마의 말은 초등학교 6학년 아들의 뇌리에 또렷이 박혔다.

엄마가 '어른이 되어라.' 하였으므로 빔은 어른이 되었다. 그런 다음 엄마는 삶의 끈을 슬쩍 놓아버렸다. 이어달리기 주자가 다음 주자에게 바통을 건네고 그 자리에 주저앉아버리듯. 엄마는 고치 속 누에처럼 집에 틀어박혔다. 일주일, 혹은 열흘 내내 집에서 한 발짝도 나가지 않았다. 하루아침에 어른의 위치로 훌쩍 올라선 빔은 우유 보급소에, 누나는 동네 편의점에 각각 일자리를 잡았다. 둘은 감정의 양극단에서 아슬아슬하게 줄타기하는 엄마의 양쪽 날개가 되어야 했다. 그로써 집안은 균형을 유지할 수 있었고 생활은 간신히 굴러갔다.

빔은 김 부스러기와 참깨로 버무린 못난이 김밥 몇 개를 집어 먹었다. 그래도 끼니가 되려면 라면을 먹어야 했다. 빔은 냄비에 물을 부어 가스레인지에 올려놓았다. 싱크대 아래 칸을 열자 라면이 상품별로 차곡차곡 쌓여 있다. 신라면, 진라면, 너구리, 열라면, 짬뽕면, 마파면, 수타면, 사리곰탕면, 짜파게티, 해물탕면, 새우탕면, 고추라면, 왕뚜껑…… 그날그날 입맛에 따라 골라 먹으면 같은 메뉴로 돌아오는 데 한 달쯤 걸렸다.

— 일주일에 두 번 이상은 먹지 마, 아들.

라면 칸을 열 때마다 엄마의 당부가 떠올랐다. 그래도 어쩔 수 없다. 모든 금기 사항은 이상하게도 욕구를 더 부추겼다. '19금' 영화처럼.

빔은 끓는 물에 면과 스프를 넣었다. 주 2회 당부와 함께 엄마는 영양 보충을 위해 달걀 넣기를 간곡히 권했다. 빔은 그마저 듣지 않았다. 라면의 '순수한 맛'을 위해서였다. 라면에 넣은 달걀 비린내는 유난히 심했다. 달걀과 라면은 절대 궁합이 맞는 음식이 아니었다.

빔은 다 끓은 라면을 냄비째 들고 컴퓨터 책상으로 갔다. 다운받은 영화를 클릭해놓고 라면을 먹기 시작했다.

인터넷 서핑과 영화 감상, 그것이 빔의 주된 일과였다.

— 컴퓨터만 있으면 돼, 엄마.

빔이 학교 대신 떠올린 대안 앞에 엄마는 어이없어했다.

— 웬 청개구리 흉내? 넌 아직 올챙이야.

엄마의 일침에도 빔은 쉽게 물러서지 않았다. 보란 듯이 익스플로러 아이콘을 클릭해 인터넷 학습 사이트에 접속했다. 그런 다음 대한민국의 내로라하는 학원 강사들의 강의를 풀 화면으로 보여주었다. 엄마는 귀걸이를 한 꽃미남 강사를 미심쩍은 눈으로 쳐다보았다. 칠판에 잔뜩 쓰여 있는 수식과, x축과 y축으로 이루어진 함수 그래프를 보고 나서야 의심을 거두었다.

— 세상 참 좋아졌네.

엄마의 태도가 한결 누그러들었다.

빔은 동영상 강의와 학교 수업의 차이를 엄마가 이해하기 쉽도록 대형마트와 구멍가게에 빗대어 조목조목 설명했다. 인터넷 학습 사이트와 동네 학원의 차이를 비교 분석 해놓은 신문 기사의 한 대목을 슬쩍 바꿔치기한 내용이었다. 엄마는 고개를 주억거리며 듣더니 마침내 아들의 말에 넘어갔다.

— 네가 알아서 해라.

그때부터 빔은 온종일 자기 방 컴퓨터 앞에 앉아 있을 수 있었다. 정작 그가 컴퓨터 앞에서 보는 건 동영상 강의가 아니라 영화였다. 하루에 네댓 편의 영화를 보았다. 그 정도면 일 년에 천오백 편은 너끈히 볼 수 있을 것 같았다. 모두 삼천 편의 영화를 보는 것, 그것이 빔의 1차 목표였다.

디리리링 디리리링.

하루에 두어 차례 집 안에 울려 퍼지는 귀여운 소음, 전화벨 소리다. 통신 회사의 판촉 전화, 아니면 보이스피싱일 게 뻔했다. 가족들도 요즘은 전화를 잘 하지 않았다. 집에서 빔은 있는 듯 없는 듯 한 존재로 변신하는 데 성공했다. 반년 만에 이룬 결실이었다. 처음엔 못 견뎌 하던 누나도 이젠 적응했다. 체념이거나 무관심, 아니 어쩌면 신뢰일 수도 있다고 생각한다. 어느 경우든 빔에겐 그리 중요치 않았다. 방해만 받지 않는다면.

빔은 영화를 보던 중이었다. 동성애를 다룬 「로드 무비」라는 제목의 로드 무비였다. 세 명의 남녀가 묘한 삼각관계를 이루어 떠돌면서 엮어가는 내용이었다.

— 나, 너 사랑해도 되냐?

영화의 절정 부분. 죽어가는 주인공의 마지막 대사에 빔은 쭈룩 눈물이 났다. 흐르는 눈물을 감출 필요도 없었다. 그 또한 '나 홀로 집'에서 누릴 수 있는 소중한 혜택이므로.

로드 무비

— 늦었네, 빔. 이제 영화 끝났나 보지.

— 안녕, 족집게 앨리스!

— 오늘은 무슨 영화?

— 「스위밍 풀」「로드 무비」「나쁜 교육」

— 다 '19금' 영화 아냐?

— 난 성인 정신연령이라 상관없어.

— 애늙은이 빔, 앞으로 만들고 싶은 영화는?

— 난 로드 무비만 만들 거야. 빔 벤더스 감독처럼.

— 꿈 한번 야무지네. 세상과 담쌓고 살면서.

— 모르는 소리. 위대한 로드 무비는 이런 것까지 담아내야 해.

— 역시, 꿈보다 해몽!

— 앨리스, 네 꿈은 뭔데?

— 난 뮤지컬 배우.

— 크~ 시선공포증 뮤지컬 배우라!

— 뭘 모르는 소리. 바브라 스트라이샌드란 옛날 배우 알지?

— 「화니 걸」「사랑과 추억」「미트 페어런츠」에 나온?

— 응. 원래 가수였는데 무대공포증이 있어서 영화배우 된 거
래…….

— 대단한 경우네. 결점 백배 활용 사례 같다.

— 그나저나, 사공은 왜 요즘 통 안 보이지?

앨리스가 화제를 바꿨다. 사공은 이 채팅방의 주요 멤버 중 하나
다. 닉네임에서도 알 수 있듯 그는 사회공포증인 경우다. 최근 팔
주간의 사이버 집단 상담 프로그램에 지원하여 열심히 치료받는
중이었다. 무료 프로그램이어서 경쟁이 치열했지만 사공은 운 좋
게 선정되었다.

— 번개 한번 때릴까?

얼마 전에는 사공이 오프라인 모임에 대한 의욕까지 보였다. 채
팅도 꺼릴 만큼 증상이 심했던 그로서는 놀라운 변화였다. 여럿이
서 채팅을 할 때도 사공은 인사만 하고 물러나 앉아 남들 채팅을
구경만 했다. 너무도 반응이 없어 어딜 갔나 싶어 말을 붙이면 그
제야 마지못한 듯 반응을 보이곤 했다. 그랬던 그가 오프라인 모임

을 주도하게 된 것이다.

─사공은 요즘 사이버 상담 치료 받는 회원들이랑 주로 어울릴 걸. 그거 끝나면 합숙 치료 프로그램에도 참가할 건가 보던데.

─그것도 무료래?

─아니. 참가비가 꽤 돼. 숙식까지 제공받으니까.

─그 집 형편에 힘들겠다.

─그래도 사공네는 아빠가 계시잖아.

─참, 너네 집은 아빠 안 계시지. 어머니 혼자 힘드시겠다.

─…….

─내가 괜한 얘길 꺼냈나? 미안.

─앨리스, 잠깐만…….

방문 두드리는 소리에 빔은 채팅을 잠시 중단했다.

"야, 문 좀 열어!"

짜증 섞인 목소리. 누나다.

"왜 맨날 문을 잠가놓니? 들여다볼 사람이 누가 있다고!"

문 열자 핀잔부터 쏟아졌다.

"그나저나 왜 온종일 전화도 안 받아? 집에 있는 거 뻔히 아는데."

"아까 누나가 전화한 거였어?"

영화 보던 중 전화벨이 끈질기게 울렸던 기억이 났다.

"넌 이 누나가 집에 있는지 없는지 관심도 없니?"

누나는 어이없어하는 표정으로 한참이나 빔을 쳐다보았다. 빔은 그제야 며칠 전, 누나로부터 들은 말이 생각났다. 1박 2일 신입 사원 연수가 있다고 했었다.

"어, 그럼 누난 어제 집에 없었어?"

"우리, 이거, 한집에 사는 가족끼리 하는 대화 맞니?"

허탈한 웃음을 지으며 누나가 말했다.

"누나 또 화장했어?"

빔이 누나의 얼굴을 자세히 들여다보았다.

"말 돌리지 마!"

위압적인 목소리. 요즘 들어 누나는 부쩍 어른 행세를 하려 들었다. 미성년 꼬리 뗀 지 얼마나 됐다고, 싶었지만 문제 삼을 수도 없었다. 엄연히 이십 대로 접어든 데다 진로를 바꿔 사회생활을 택했기 때문이다.

"이 집에 너 혼자 사는 거 아니잖니."

그 말과 함께 누나의 시선은 빔의 방으로 옮겨 갔다. 침침한 방에 한참이나 눈길이 머물렀다. 한심해하던 눈빛이 걱정스럽게 변해가는 게 느껴졌다.

"제발 정신 좀 차려."

나직하게 한마디 하고 누나는 돌아섰다.

빔은 거실을 가로질러 자신의 방으로 향하는 누나의 뒷모습을 물끄러미 바라보았다. 누나가 방문을 열었을 때 불쑥 외쳤다.

"나, 누나 화장하는 거 싫어! 싫다고!"

누나 방문이 꽝 소리를 내며 닫혔다.

뚝 하고 모든 소리가 끊겼다. 텅 빈 거실이 적막감에 싸였다. 빔은 그대로 멈춰 서서 고요에 잠겨 드는 집 안을 바라보았다. 누나 방 바로 옆의 엄마 방도 굳게 닫힌 채다. 그 문이 열리는 걸 본 기억도 아슴푸레하다. 오늘도 엄마는 늦는 모양이다. 누나는 화장이 진해지고 엄마는 술이 늘어가고……

될 대로 되라지. 빔도 쾅 소리 나게 방문을 닫아버렸다.

— 이 집에 너 혼자 사는 거 아니잖니.

모니터 앞에 앉고도 빔의 귓가에 누나의 핀잔이 계속 맴돌았다. 누나는 확실히 집안에서 목소리가 커졌다. 정확히 언제부터였는지는 알 수 없다. 요일이나 날짜 구분이 희미해진 것처럼, 어떤 일의 기억은 뒤죽박죽 섞여 그 순서를 구분하기 어려웠다.

— 집안이 어떻게 돌아가는지 넌 관심도 없니?

집안 돌아가는 일……. 빔은 기억을 곰곰 되짚어보았다. 오토바이 사건밖에 떠오르는 게 없었다. 그 외에는 딱히 사건이라고 할 만한 것이 없었다.

"너 요즘 엄마가 무슨 일 벌이고 다니는지 아니?"

하루는 누나가 정색을 하며 물었다.

"엄마가 또 무슨 일을……?"

"오토바이 사려나 봐."

"오토바이?"

"스쿠터도 아니고 이번엔 폼 나는 외제 오토바인가 보더라."

혀를 차던 누나는 이내 흥분한 목소리로 덧붙였다.

"그게 말이나 되니? 사고로 세상 등질 뻔한 지 얼마나 됐다고……."

"차도 있는데 오토바이는 왜?"

빔도 누나 못지않게 흥분했다. 끔찍한 기억이 되살아났던 것이다. 그건 누나보다 빔 자신이 훨씬 더 생생하게 겪은 일이었다.

"큰일 났다. 빨리 나와 봐. 너희 엄마 교통사고 났어!"

어느 일요일 아침, 엄마가 일 나간 지 십 분도 안 돼 날아든 사고 소식이었다. 집 근처 사거리에서 엄마가 탄 스쿠터를 뒤에 오던 자동차가 들이받았다는 것이다. 엄마는 그즈음 스쿠터를 타고 일을 다녔다.

빔은 곧장 응급실로 내달렸다. 달려가는 내내 사고 소식이 실감 나지 않았다. 남의 사고 소식이 잘못 전달된 것 같았다. 하지만 응급실 한쪽 구석, 커튼이 처진 침대에 처참한 모습으로 누워 있는 환자는 분명 엄마였다.

"미성년자는 안 돼요. 다른 가족 불러요."

병원에서는 빔을 보호자로 인정하려 들지 않았다. 수술을 위해서는 보호자의 동의가 필요했다.

"우리 집 가장은 저라고요!"

빔의 외침에 간호사와 의사가 어이없어하는 표정으로 쳐다보았다.

"어쨌든 미성년자는 인정 못 합니다."

빔이 아무리 사정하고 매달려도 병원 측 태도는 완강했다.

침대에 속수무책으로 누워 있는 엄마를 보자 빔은 피가 거꾸로 솟구쳤다. 곁에 있는 링거병 걸이를 단번에 움켜잡고 휘둘러대며 소리쳤다.

"우리 엄마 살려내, 이 나쁜 놈들아! 우리 엄마 살려내란 말이야!"

응급실은 금세 아수라장이 되었다. 간호사, 레지던트, 촬영기사가 차례로 달려와 제지하려 했지만 빔은 막무가내였다.

"빨리 수술해, 빨리 수술하라고!"

마침내 외과 과장이 달려왔고, 그는 빔에게 곧바로 수술을 약속했다. 수술 결과에 대해 병원 측에 아무런 책임도 묻지 않겠다는 각서를 쓰고 나서였다.

엄마는 모두 네 차례 수술을 받아야 했다. 내장 파열에 척추와 대퇴골을 다치는 큰 부상이었다. 고3인 누나를 대신해 빔은 휴학을 결심했다. 엄마 병간호를 위해서였다. 아들의 결심을 전해들은 엄마는 병상에서도 미심쩍은 눈길부터 보냈다.

"휴학? 너, 학교 가기 싫어 핑계 김에 그러는 거 아니냐."

넘겨짚는 엄마 말에 빔은 뜨끔했다. 그런 생각도 없지 않았던 것이다.

"엄마도 참, 지금 학교가 문제야."

빔은 능청스럽게 받아쳤다. 엄마도 더는 따지고 들지 않았다.

창밖 풍경으로 계절이 두 번이나 바뀌는 병원 생활이었다.

"이 정도면 하늘이 도운 거지 뭐."

완쾌 후 엄마는 다리를 약간 절게 되었지만 대수롭지 않게 여겼다. 그보다는 사고가 가져온 피해 보상에 더 마음이 쏠려 있었다. 그들 형편으로는 잃은 것보다 얻은 게 더 많아 보이는 사고였다. 적어도 엄마 계산엔 그랬다. 보험 혜택이 예상 외로 컸던 것이다. 고급 외제차가 뒤에서 들이받은 데다, 이런 일을 예견이라도 한 듯 엄마는 보험도 두 개나 든 상태였다. 사고 당시 엄마에게 일자리가 있었던 점도 유리하게 작용했다.

"제비가 물어다 준 박씨 같은 거지."

엄마는 보험을 그렇게 비유했다.

그들은 지하 단칸방 신세를 면할 수 있었고 자동차도 생겼다. 가장 놀라운 일은, 사고 후 엄마의 우울증이 말끔히 사라졌다는 사실이다. 엄마는 밝고 소탈한 본래 성격을 되찾았고 삶에 대한 의욕과 자신감으로 넘쳤다. 그들 가족에게 찾아온, 삶의 지각변동을 일으킨 두 번째 '그날'은 엄마의 교통사고 결과였다.

새집으로 이사한 날, 엄마는 확신에 차서 말했다.

"이제 모든 생활은 엄마가 책임진다. 그러니 너희는 아무 걱정 말고 공부만 해."

그날부터 가장 역할은 엄마에게로 훌쩍 넘어갔다.

엄마는 새 일자리도 갖게 되었다. 보험설계사.

"백문이 불여일견, 나야말로 보험으로 제2의 인생을 맞은 산증인 아니냐. 보험설계사가 되려면 스토리텔러, 즉 이야기꾼이 되어야 하는 거래."

엄마는 신입사원 교육에서 받은 첨단 마케팅 이론까지 들려주었다.

엄마는 절룩거리는 걸음으로 하루도 빼놓지 않고 출근했다. 일이 많을 때는 자정을 훌쩍 넘겨 들어오기도 했다.

"해보니까, 몸 파는 일만큼 짭짤한 수입도 없더라."

엄마는 신체적 결함을 자신만의 능력으로 탈바꿈시키는 데 성공했다. 또한 그것은 실적으로 고스란히 나타났다. 입사 삼 개월 만에 엄마는 그달의 보험 여왕이 되었다. 보험이라는 박씨의 효과를 생생하게 지켜본, 비슷한 형편의 동네 이웃과 친인척이 비엔나소시지처럼 줄줄이 고객 대열에 합류하기 시작한 것이다. 지금껏 그들 가족이 겪어온 삶의 굴곡이 언젠가 엄마가 말한 마케터의 조건인, 스토리텔러의 자질을 한껏 키워준 셈이었다.

그랬던 엄마가 다시 오토바이에 관심을 갖다니…… 빔은 아직도 엄마가 제비가 물어다 준 박씨에 대한 환상에 사로잡혀 있는 게 아닐까 의심스러웠다. 그런 심리를 이해하지 못할 것도 없었다. 병간호를 하면서 빔도 직접 겪었으니까. 반년 가까운 병 수발이 힘들지 않은 건 아니었지만, 한겨울 새벽 칼날 같은 바람을 맞아야 하는 우유 배달 일에 비할 바는 아니었다. 병실은 유리온실 같은 곳이었다.

"집에는 뭐하러 가누. 여기가 훨 나은데. 겨울엔 따숩고, 여름에는 을매나 시원한데."

옆 침대 간병인 할머니의 말이었다.

병원 생활 내내 빔은 그 할머니와 함께 따뜻한 남쪽 나라에 휴가라도 와 있는 것처럼 지냈다.

병원은 책장에 활자로 찍혀 있던 것들이 우르르 쏟아져 나와 살아 움직이는 현장, 세상의 축소판이었다. '생로병사'라는 사자성어가 환자의 비명 소리와 피고름, 소독약 냄새와 악다구니, 찬송가와 오열로 뒤섞여 나타났다.

학교로 돌아가진 않을 거야.

담임이 다녀간 그날 빔은 결심했다. 링거병에서 이슬처럼 떨어지던 맑은 수액 방울을 보면서였다. 다시 학교에 간다는 건, 밥맛을 알아버린 아기가 이유식으로 돌아가는 것처럼 싱겁고 김빠지는 일 같았다.

절룩거리는 엄마를 부축해 병원을 나서던 날, 빔은 정규 과정을

속성으로 마친 졸업생이 된 기분이었다. 아무리 기억을 헤집어보아도 학교생활이 즐거웠던 적은 없었다. 학교란 늘 다른 친구들과의 비교를 통해 '우열'을 만들어내는 곳이었다. 있는 집과 없는 집 자식, 일등과 꼴등…… 이런 식으로 말이다.

— '열'이 아닌 '우' 쪽에 있으면 학교생활이 즐거워?

한번은 앨리스에게 그렇게 물은 적이 있었다. 외고에 다닌 앨리스는 '우'의 세계를 잘 알고 있을 것 같았다.

— 절대적인 '우'란 게 어딨니? '우'는 '우'끼리 비교해 또 다른 '열'을 만들어내잖아. 2등은 1등과 비교해 '열'이 되고, A학교의 1등은 B학교의 1등과 비교해 '열'이 되는 것처럼.

빔은 앨리스의 날카로운 지적에 감탄했다.

— 나야말로 '우'의 학교에서 '열'을 뼈저리게 경험했으니까.

외고 다녔을 때의 기억을 떠올리며 앨리스가 말했다.

빔의 학교생활도 마찬가지였다. 학교에서 자신의 역할 가운데 절반은 남들과 비교되는 일이었고, 그렇게 자신의 존재감이 드러났다. 당연히 학교생활이 즐거울 리 없었다. 엄마의 사고는 빔에게 지겨운 학교생활을 벗어날 수 있는 절호의 기회였다.

난 로드 무비를 만들 거야.

우연히 「파리, 텍사스」라는 영화를 보면서 빔은 자신의 꿈을 정했다. 빔 벤더스 같은 영화감독이 되고 싶었다. 텍사스의 건조함과, 그것과는 따로 노는 듯한 파리의 매혹이 뒤섞인 용감한 제목부터 마음에 들었다. 따가운 태양이 내리쬐는 사막을 빨간 모자를 쓴 사내가 정처 없이 걷고 있는 강렬한 첫 장면도, 배경음악을 이루는 전기기타의 황량한 음색도 좋았다. 주인공 사내는 사막을 지나 도시로 들어간다. 노을이 깔리는 도시의 어스름, 그 속을 주인공은 헤매 다녔다. 가족을 만나도 좁혀 들지 않는 관계, 스스로 느끼는 자신이라는 존재의 낯설음을 떨치지 못하고 그는 걷고 또 걸었다. 그는 늘 어딘가를 향하고 있었지만 그의 발이 닿는 곳 어디에도 뿌리내릴 수 없었다.

빔에게 화두를 던져주는 영화였다. 주인공이 찾아 헤매는 게 무엇인지에 관한……. 신기하게도 그것은 볼 때마다 새롭게 읽혔다. 사랑하는 여자를 찾아 헤매는가 싶으면, 어떤 날은 잃어버린 기억, 아니면 자신의 꿈을 찾아 방황하는 것처럼도 보였다. 또 어떤 날은 아버지를 찾아 헤매는 것 같기도 했다.

*

— 빔, 사상 최악의 황사가 온대.

— 휴교령이라도 내릴 거 같던데.

— 거리가 텅 비어버리면 어떡하지?

— 우리가 접수해버리자, 앨리스.

— 그러면 울 엄마 쇼핑 중독도 잠시 중단되겠는걸.

— 앨리스 어머니가 쇼핑 중독……?

— 응. 너네 어머닌 어떠셔?

— 울 엄마?

— 설마 우리 엄마처럼 옷과 보석 중독은 아니겠지?

— 울 엄만 중독보단 집착증.

— 어떤 집착?

— 오토바이.

— 신선하다! 주부가 오토바이라니…….

— 옷과 보석이 백번 낫지. 사고 염려도 없고.

— 빔, 오토바이 탈 줄 알아?

— 물론. 한때 그걸로 알바도 했는걸.

— 세상 경험도 많네. 폭주족 경험은 없나?

— 쪽팔리게 스쿠터로 폭주는…….

— 너네 어머닌 오토바이로 뭘 하시려고?

— 글쎄…… 걱정이야. 또 사고 날까 봐.

— 철없는 어른들이 왜 이렇게 많담.

— '안티 어른' 카페라도 만들까 보다.

— 나한테 좋은 생각이 있어, 빔.

— 좋은 생각……?

커튼을 살짝 들추고 빌라 마당을 내다보았다. 빔의 시선은 자전거 보관소 한쪽에 놓여 있는 물건에 가 닿았다. 여러 겹의 비닐로 꽁꽁 씌워지고 굵직한 쇠사슬로 양쪽 바퀴가 단단히 감긴 엄마의 오토바이…… 아직도 그걸 보면 코끝으로 칼날 같은 바람이 쌔앵 스쳐 가는 것 같다. 거기에 사고 기억까지 겹치면 마음은 더 얼어붙었다. 사고 후 흔히 겪는 '외상 후 스트레스 증후군'이 엄마에겐 오히려 역으로 나타났다. 엄마의 넘치는 에너지는 가족들도 감당하기 어려웠다.

"이왕 갖는 거, 최고로 골라잡았지. 할러데이라든가 뭐라든가……"

엄마는 이름도 제대로 못 외우면서 명품을 가졌다는 자부심에 사로잡혀 있었다.

빔도 말로만 듣던, 바이크족이라면 누구나 한번쯤 꿈꾸는 할리데이비슨이었다. 할리와 데이비슨이 만나 탄생시킨, 파란 많은 일백 년 역사를 가진 전설의 오토바이 브랜드, 할리데이비슨.

"히딩크도 쉬는 날에는 이걸 탄다는구나. 폭주족 오토바이랑은 격이 다르지. 우선 몸체 자체가 무겁고 회전력이 강하고, 넘어져도 45도 각도밖에 안 되기 때문에 다른 것과는 비교가 안 될 만큼 안전하대. 광폭 타이어에다 접착력 우수하고 브레이크 성능도 좋고, 안전 면에서 이걸 따를 오토바이는 없단다."

엄마는 마케터 뺨칠 정도로 제품 정보를 줄줄 꿰었다. 매장 직원한테 주위들은 상품 정보일 게 분명했다. 빔은 아무리 이해하려 해도 엄마와 할리데이비슨의 상관관계를 찾기 힘들었다. 그건 누나도 마찬가지였다.

"엄마, 이거 치기야, 불장난이야? 사고 나면 이제 진짜 황천길이라는 거 몰라?"

누나의 비난은 예상을 초월했다. 늘 순종적이고 고분고분하던 누나가 그렇게 신랄한 말을 엄마한테 쏟아놓다니.

"그만큼 안전하다고 해서 택한 거야……. 사실 나는, 그동안 자동차가 좀 답답하더라. 창문 활짝 열고 다녀도 그렇더라고."

누나의 기세에 엄마는 한풀 꺾인 목소리였다. 집안에서 누나의 위치는 어느새 확고해져 있었다.

"너희까지 생각해서 산 거야. 예전에 스쿠터 타면서 고생했던 기억 떨쳐버리라고……. 아들, 너도 한때 명품 오토바이 타고 싶다고 했잖아?"

엄마는 좋은 핑곗거리를 찾았다는 듯 빔을 보며 말했다.

"그야, 사고 나기 전이었지."

빔도 발뺌하며 누나 편에 섰다.

반대가 워낙 거세었던 탓인지, 아니면 엄마도 막상 타려니 겁이 났는지 할리는 처음 자리에 그대로 모셔져 있었다. 겹겹의 쇠사슬이 바퀴를 감고 포장 비닐에 싸여 꽁꽁 묶인 채.

명품 오토바이가 빌라 마당 한편에 방치돼 있다는 사실, 그것부터 현실감이 없어 보였다. 언제부터 거기에 자리하고 있었는지도 어렴풋했다. 겉 비닐에 쌓인 겹겹의 먼지를 보고 있으면 더 그랬다. 몇 달 전 일인 것 같기도 하고 아득한 시절의 일 같기도 했다. 엄마의 사고 전에 있었던 일 같기도 하고, 그 후의 일 같기도 했다. 어떤 일들은 마구 뒤섞여 그 순서가 헛갈렸다. 칩거 생활의 결과였다.

— 그 오토바이, 네가 접수하면 되잖아.

그것이 앨리스가 떠올린 '좋은 생각'이었다.

— 할리데이비슨 아니라 할리데이비슨 할애비라도 그건 싫어.

빔이 정색하며 대꾸했다.

손끝도 대고 싶지 않은 물건이었다. 아무리 되짚어보아도 빔은 오토바이에 얽힌 즐거운 기억을 떠올릴 수 없었다. 여느 십 대처럼 유쾌하고 거침없는 폭주족이 되기에는 그와 관련한 기억들이 너무 끔찍했던 것이다.

*

빌라 뒷마당은 아지랑이 가물거리는 봄기운으로 그득했다. 담장 앞에 선 목련 꽃봉오리가 터뜨려지기 일보 직전, 카운트다운에 들어섰다. 가지마다 하얀 꽃망울이 톡톡 맺혀 있는 게 인상주의 화가들의 붓 터치 같다. 봄 타는 사람들 유혹하기 딱 좋은 풍경이다.

　— 저 목련 진짜 환상이네. 옛날 우리 집 마당에 저런 목련나무가 있었는데…… 아들아, 넌 기억도 안 나지?

　빌라 앞을 지날 때면 엄마는 걸음을 멈추고 감탄스러운 눈으로 나무를 쳐다보았다. 빔은 전혀 기억에 없었지만 누나는 그때 일을 부분적으로 떠올렸다. 그런 기억들이 이 빌라를 택한 이유였다.

　한 계절이 다 가도록 빔은 빌라 정문을 한 번도 나서지 않았다. 늦은 밤이면 뒷마당 철봉대에 박쥐처럼 거꾸로 매달려 있는 일이 고작이었으니 행동반경이 50미터도 되지 않은 셈이었다.

　마당에 봄 햇살이 나른하게 널브러져 있다. 세발자전거에 오른 아이 하나가 게으른 햇살을 밟으며 빌라 마당을 맴돌고 있었다. 옆 동 건물 2층 베란다에는 그 광경을 내다보고 있는 아이 엄마가 보였다. 젊은 엄마는 빨래를 너는 중이었다. 한번씩 뒷마당을 내다보며 아이에게 말을 던지거나 손을 흔들어 보였다. 아이는 자전거를 타면서도 연신 엄마를 올려다보며 그 존재를 확인하곤 했다.

　맑은 고음의 엄마 목소리, 아이의 해맑은 웃음이 봄볕과 어우러져 빌라 마당을 수놓았다. 그 모습조차 나른하게 느껴졌다. 갑자기 빔은 그 나른함이 참기 어려웠다. 책상 위에 있던 귤 하나를 마당 한가운데로 던졌다. 공교롭게도 그것은 아이 바로 앞에 떨어졌다. 갑작스러운 움직임에 놀란 아이는 자전거를 멈추고 울음을 터뜨렸다. 울음소리가 짱짱했다. 봄볕을 찢어놓고 나른한 공기를 휘저어놓을 만큼.

어느새 아이의 엄마가 마당으로 내려왔다. 아이 엄마는 한참이나 사방을 휘둘러보다가 우는 아이를 달래며 집으로 안고 들어갔다. 마당에는 떨어져 뭉개진 귤 하나만 덩그러니 남았다. 빔은 회심의 미소를 지었다. 자신이 던진 귤이 아이에게 엄마를 불러다 준 역할을 한 셈이었다.

마당 한쪽 구석 자전거 보관소를 차지하고 있는 할리가 눈에 들어왔다. 여전히 방치된 채로 있는 명품 바이크. 그것은 어떤 주인을 만나느냐에 따라 명품도 짝퉁보다 못한 신세가 될 수도 있다는, 그런 진실을 보여주고 있는 것 같았다. 엄마의 눈에 띈 것부터 불운이 아니었을까. 명품으로서의 운명이 가로막힐 수밖에 없는……. 엄마와 할리의 관계를 자연스럽게 끊어놓을 수 있는 아이디어가 퍼뜩 빔에게 스쳤다.

빔은 연장통을 들고 마당에 내려섰다. 쏟아지는 빛에 온몸이 휘둘리는 느낌이었다. 잠시 제자리에 서서 중심을 잡아야 했다. 똑같은 장소건만 낮과 밤은 전혀 다르게 보였다. 늦은 밤, 철봉대에 거꾸로 매달려 밤하늘을 쳐다보는 게 더 안정감이 있었다. 그럴 때면 세상은 어둠 속에 차분히 젖어 들고 땅과 하늘은 위치를 바꾸어 빙빙 돌면서 하나로 섞여 들었다. 마당의 나무와 별이 어우러지고 빛과 어둠이 섞이면서 세상은 평화로워 보였다.

현기증이 가라앉자 빔은 자전거 보관소로 걸음을 옮겼다. 문제의 할리는 여러 겹의 비닐에 싸여 굵직한 쇠사슬이 앞뒤 바퀴를 겹겹이 휘감은 상태였다. 연장통을 바닥에 내려놓고 할리를 감싸고 있는 비닐을 벗겨내기 시작했다. 먼지 덮인 겉 비닐을 벗겨내자 깨끗한 속 비닐이 또 나타났다. 마지막 덮개가 벗겨지면서 할리는 제 모습을 온전히 드러냈다. 은빛 프레임의 눈부신 자태가 빔의 눈앞에 펼쳐졌다. 앞바퀴와 손잡이에서 시작한 매끈한 실루엣이, 안정감 넘치는 엔진과 좌석을 지나 배기구까지 날렵하게 흘러내렸다. 할리다운 격이 묻어나는 자태였다.

바퀴를 휘감은 여러 겹의 쇠사슬마저 벗겨내자 할리는 완전히 자유의 몸이 되었다. 빔은 해방된 할리 위에 올라앉았다. 열쇠를 꽂고 시동을 걸어보았다. 중저음의 엔진 소리와 함께 중후한 몸체의 떨림이 온몸으로 전해졌다. 자르르 전율이 일었다. 할리 자체에서 전해오는 진동이 빔의 몸과 마음을 강렬하게 사로잡았던 것이다.

그것은 기계의 진동이 아니라 생명체의 꿈틀거림이었다. 배기음은 심장 소리를 연상시켰다. 사운드와 떨림만으로도 넋을 빼앗길 만한 오토바이였다. 속도보다 강한 회전력으로 손꼽히지만 이 모델은 속도감까지 느껴지는 디자인이었다. 빔은 원래 하려고 했던 일은 까맣게 잊은 채였다.

연장통은 한쪽에 버려진 것처럼 놓여 있었다. 원래는 소음기를 떼어내거나 거기에 구멍을 낼 생각이었다. 폭주족들이 달리면서 내는 엄청난 굉음이 그렇게 해서 얻은 효과였다. 엄마가 오토바이를 탈 엄두를 내지 못하도록 할 생각이었다. 하지만 할리에 오른 순간, 그런 생각은 까맣게 잊혔다.

모터사이클 다이어리

길이 빠른 물살처럼 달려와 흘러갔다. 툴툴거리는 낡은 모터사이클 엔진 소리, 들판 한가운데를 가로지르는 황톳길……. 길 위에서 서른 번째 생일을 맞는다는 멋진 계획과 함께 그들은 '책으로만 알던 대륙 여행'을 시작했다. 낡은 모터사이클 바퀴는 별 탈 없이 잘 굴러갔다. 황토 먼지 풀풀 날리는 평지를 구르다가 안데스의 굽이진 산길을 올라야 했으며 어떤 날은 눈 덮인 고갯길을 넘기도 했다. 번번이 낡은 모터사이클과 함께 진창에 처박혔다. 추위에 떨며 들판에서 새우잠을 자거나 마구간에서 하룻밤을 보내기도 하면서 국경을 넘었다. 새롭고 낯선 풍경만큼 마주치는 사람도 많았다. 길과 길 위에서 만난 사람들과의 끈끈한 우정을 보여주는 영화였다. 「모터사이클 다이어리」. 여행을 끝낸 주인공은 말했다.

— 난 더 이상 이전의 내가 아니다.

빔은 그 말을 노란 포스트잇에 옮겨 벽에 붙여놓았다. 수백 개의 명대사로 도배한 벽은 거대한 물고기의 비늘 같다. 황금 비늘. 그 대사들을 스스로 흉내 내보거나 배우들 목소리로 동시에 읊조려지는 걸 상상해보기도 한다. 무수한 대사, 다양한 목소리들이 웅성웅성 와글거리다가 어느 순간 하나의 소리로 통일된다. 그러다 온 세상이 갑자기 고요에 휩싸이는 순간이 오는데, 그때가 놀이의 절정이다. 황금 비늘은 때로 렌즈로 변신하기도 한다. 그러면 방은 수백 대의 카메라가 내려다보는 스튜디오로 바뀌고 빔은 카메라에 잡히는 영상의 주인공이 되기도 한다.

빔이 자신의 방에서 하는 여러 놀이들 가운데 첫손 꼽는 거라면 물론 그건 접속이다. 빔은 카페 '세상 속으로'에 들어간다. 현재 접속 중인 회원은 서른일곱 명. 연결만 해놓은 사람이 절반은 넘을 것이다. 눈만 뜨면 일단 접속부터 하는 회원들이 있다. 아침에 일어나 창문부터 열어젖히는 습관처럼.

채팅방은 이미 정원이 찼다. 대기자도 몇 명 있다. 들어가 보지 않아도 채팅방 분위기야 뻔하다. 정원이 열 명이어도 실제로 대화를 나누는 이는 두세 명이 고작이다. 채팅도 신청만 해놓고 눈팅으로 버티는 사람 투성이다. 회원들 성향이 대체로 그렇다. 가입 회원이 천 명이 넘지만 활동 회원은 10퍼센트도 안 되고 그중에서도 열성 회원은 1퍼센트 남짓이다. 그 1퍼센트에 빔과 앨리스와 사공, 그리고 얼마 전 이곳을 떠나 학교로 돌아간 패로디가 포함돼 있는 것이다.

이 서른일곱 명의 접속자들은 지금 어떤 모습을 하고 있을까. 빔은 불쑥 궁금증이 일었다. 서른일곱 개의 모니터로 이들 모습을 동시에 본다면……. 언젠가 이런 은둔형외톨이들을 다룬 일본 다큐멘터리가 있었다. 충격적인 내용이었다. 어떤 이는 가족과 부딪치는 것조차 꺼리며 먹거나 배설할 때만 자신의 방에서 나오는 극단적인 경우도 있었다. 봉두난발에 씻지도 않은 몸에서 냄새를 풍기는 문제의 인물은 반인반수나 다름없었다. 이불은 몇 달 동안 한 번도 개켜진 적이 없고 방 안의 물건들은 뒤죽박죽 쌓여 있는, 난장판 같은 그의 방이 몰래카메라에 적나라하게 잡혔다. 침침한 방에 틀어박힌 그는 이불에서도 나오지 않았다. 자신의 모습이 국경을 넘어 전 세계 사람들한테 낱낱이 보여졌다는 사실을 알면 그는 어떤 반응을 보일까. 빔은 그의 사생활을 낱낱이 파헤치는 카메라가 오히려 섬뜩하게 느껴졌다.

빔이 생각하는 건 물론 그런 다큐멘터리가 아닌 영화다. 서른일곱 개의 모니터가 주인공인, 각자 모니터 하나씩을 차지하고 있는 서른일곱 명 외톨이들의 일상과 지난날의 기억을 쫓아가는 영화를 만들어본다면……. 적어도 서른일곱 개 모니터 가운데 하나는 빔 자신의 경험으로 생생하게 채울 수 있을 것 같았다.

─지금 당신이 처해 있는 상황을 자세하게 얘기해보세요.

채팅 때마다 게임하듯 이런 질문을 해보는 거다. 그들의 말에 귀 기울이다 보면 언젠가는 서른일곱 개의 모니터가 각각의 그림으로 채워지지 않을까.

*

빔은 커튼을 들추고 빌라 뒷마당을 내다보았다. 할리는 오늘도 묵묵히 제자리를 지키고 있다. 맹인 안내견 같았다. 주인이 움직일 때까지 기다릴 줄 아는 인내와 지혜를 갖춘 개.

─사상 최악의 황사가 온대.

앨리스가 전해준 봄소식이었다.

인터넷 뉴스에도 황사와 남쪽의 봄꽃 소식이 다투어 올라 있었다. 내몽골과 고비사막에서 시작한 황사가 머지않아 우리나라에 몰려온다는 것. 서울 하늘이 부옇게 흐려 있고, 메마르고 건조한 바람이 거리를 점령한 모습이 눈에 선했다. 사람들이 꽃 소식에 설레는 만큼이나 빔은 황사 소식에 마음이 들떴다. 메마르고 황량한 바람에서 묻어나는 쓸쓸한 분위기에 친근감이 들었다.

─봄꽃이 넘 눈부셔서 그래. 그 도발을 황사가 살짝 누그러뜨리는 거야.

앨리스는 재치 있게 해석했다.

— 역시 앨리스다워.

—「여행의 재구성」마지막 장면 분위기랑 비슷하지 않아, 빔?
꼭 그 느낌이야.

앨리스는 게시판에 올라 있는 영화 스틸을 떠올렸다.

— 맞아. 그 영화로 P라는 곳이 떴잖아.

영화의 라스트신이 눈에 선했다. 황량한 길에 우뚝 솟은 나무 한
그루, 그 길의 끝에 이르면 바다가 펼쳐졌다. 이 땅의 끝, 길의 맨
끝이라 할 수 있는 P…….

— 그곳에 가본 적 있어, 빔?

— 아니.

— P, 실제로 있는 장소 맞지?

— 물론이지. S시에 있는, 이 땅의 맨 끝이야.

빔도 영화를 보면서 그 장소에 매력을 느꼈던 기억이 났다.

— 한번 가보고 싶다, P라는 곳. 빔, 우리 거기 한번 가볼래?

앨리스가 뜬금없는 제안을 했다.

앨리스한테 이런 면이 있었던가? 빔은 놀랍고도 당혹스러웠다.
대답 대신 엉뚱한 말만 늘어놓다가 채팅방을 빠져나왔다.

돌이켜 생각하니 왜 그렇게 얼빠진 사람처럼 굴었는지 이해가
안 되었다. 스스로 생각해도 한심했다. 사공이나 패로디는 물론 이
젠 앨리스에게조차 자연스러워진 오프라인 만남인데 말이다.

빔 역시 그들처럼 '대공'으로 알려져 있지만, 그건 사실 그들과 허물없이 지내기 위한 변장술에 불과했다. 빔은 그들과 엄연히 달랐다. 빔이 '세상 속으로'에 발을 들여놓게 된 건 오래전 엄마의 우울증 때문이었다. 병원을 한사코 거부하는 엄마를 그냥 두고 볼 수만은 없었다. 그 증상을 이해하기 위해 가입하게 된 인터넷 카페 중 하나가 그곳이었다. 나중에 엄마와 빔 자신의 위치가 바뀌게 되면서 지금은 빔의 유일한 소통 공간이 된 것이다. 자신의 꿈을 이루기 위한 1차 목표만 달성하면 그는 언제든 세상 밖으로 나갈 거라고 자신해왔다. 하지만 그건 착각에 불과한 게 아니었을까? 그렇지 않다면 앨리스의 제안에 왜 그렇게 당황했을까……. 빔은 혼란스러웠다.

빔은 김밥과 찐 감자와 치킨 몇 조각이 차려져 있는 식탁에 앉았다. 날마다 차려져 있는 자신의 하루 치 도시락. 늦게 들어오고 일찍 나가는 엄마가 어떻게 이 일을 하루도 거르지 않는지 신기했다.

어느 늦은 밤, 빔이 냉장고에서 냉수를 꺼내 마시고 있을 때였다.

—나도 물 한 잔만 줘.

갑작스러운 목소리에 빔은 놀랐다. 엄마였다. 언젠가부터 엄마는 부엌 식탁에 혼자 조용히 앉아 있곤 했다. 그때마다 술 냄새가 물씬 풍겼다.

—엄마, 술 마셨어?

자세히 들여다 본 엄마의 얼굴은 불그레했고 눈도 충혈돼 있었다. 빔은 냉수 따른 잔을 엄마에게 내밀었다.

— 그럼, 음주 운전 해서 온 거야?

빔이 따지듯 물었다. 엄마는 천천히 고개를 끄덕였다. 빔은 엄마의 부주의한 행동에 대해 한참이나 잔소리를 늘어놓았다. 엄마의 안전 불감증에 쐐기를 박고 싶었다.

갑자기 엄마가 정색을 하고 말했다.

— 착각하지 마, 아들. 이 집 가장은 엄마라고.

두 번째 그날 이후 엄마의 단골 멘트가 된 말이었다.

엄마는 불쑥 두 팔을 내밀더니 빔을 안았다. 술 냄새가 더 짙어졌지만 싫지 않았다. 빔은 한참이나 그 품에 안겨 있었다. 등 뒤로 철썩 엄마의 손찌검이 들러붙을 때까지.

— 목욕 좀 해라, 이놈아! 으휴, 숨이 다 막힌다. 들짐승 안은 것도 아니고.

엄마가 빔의 몸을 밀쳐냈다.

빔은 꿈에서 깨어나듯 현실로 돌아왔다. 그때의 느낌은 여전히 생생했다. 부드럽고 따스하던 가슴, 짙게 풍겨오던 술 냄새, 등에 달라붙던 맵찬 손찌검, 품에서 떨어져 나올 때의 서늘함까지…….

빔은 김밥을 집어 먹으면서 엄마의 변신에 연신 감탄했다. 바깥일로 정신없는 엄마가 언제 김밥까지 만들어 식탁을 완벽하게 차려놓았는지 놀라울 따름이었다. 그 정성을 떠올리자 목이 메었다. 국물이 필요했다. 라면을 끓이기 위해 빔은 자리에서 일어났다.

라면을 집어 들다 빔은 손을 멈추었다. 왠지 입맛이 뚝 떨어졌다. 라면의 화학조미료 맛이 혀끝에 맴돌면서 속이 메슥거렸다. 라면을 내려놓고 빔은 과일 바구니에 담긴 오렌지 하나를 골라 들었다. 평소 껍질 까는 게 귀찮아 손도 대지 않던 그것이 구미를 당긴 것이다. 입덧하는 임산부 같았다. 그는 손끝에 힘을 주어 단단하고 두꺼운 오렌지 껍질을 벗기기 시작했다. 주황빛 속살이 드러나면서 뿜어져 나오는 오렌지 향에 기분이 상쾌해졌다.

— 우리, 거기 한번 가볼래, P라는 곳?

상큼한 오렌지 향 같은 앨리스의 한마디가 빔의 귓가에 맴돌았다.

앨리스가 사는 도시는 서울과 P의 중간 지점쯤 되었다. 모니터 화면으로는 한 뼘도 안 되는 거리였다. 탁상 달력에는 어제 날짜로 1533이라는 숫자가 적혀 있었다. 지금까지 본 영화의 총 편 수였다. 목표량의 절반은 넘어선 것이다.

빔은 창 쪽으로 다가가 두꺼운 커튼을 젖히고 창문을 열었다. 빛이 쏟아져 들어오면서 방 안이 적나라하게 드러났다. 늘 펼쳐져 있는 이부자리, 모니터 옆에 어수선하게 쌓여 있는 DVD와 CD, 물잔, 책, 책상에 얼룩으로 남은 음료수 자국……. 테이블과 키보드에도 먼지가 보얗게 앉아 있었다. 걸음 디딜 때마다 곳곳의 먼지가 들썩였다.

빔은 청소를 하기로 했다. 먼저 피아졸라의 「밀롱가 델 포에타」

를 반복 재생으로 해놓았다. 소리의 모래시계 같은 1분 12초짜리 곡. 그 곡에 맞춰 빔은 이불을 내다 널고 청소기를 돌렸다. 물건들을 제자리에 원상 복귀시키고 걸레로 먼지를 닦아냈다. 그 곡을 50회 반복해 듣는 동안 방은 완전히 딴 곳으로 변했다. 남의 방에 와 있는 것 같았다.

빔은 한쪽 구석으로 밀려나 있던 전신 거울을 꺼내놓고 그 앞에 섰다. 웬 낯선 사내 녀석이 그 속에 들어앉아 있었다. 창백하고 핼쑥한 얼굴에 잡풀처럼 자란 덥수룩한 머리가 어깨를 덮고 있었다. 십 대의 반항아도, 야만적 문명을 거부하는 히피도 아닌, 그야말로 풋내기 노숙자 몰골이었다. 손가락으로 머리를 빗어 뒤로 넘기니 간신히 문명의 울타리 속으로 들어선 십 대로 변했다.

빔은 다시 「밀롱가 델 포에타」를 반복 재생으로 해놓고 한껏 볼륨을 높였다. 그런 다음 따뜻한 물이 그득 담긴 욕조에 오랫동안 들어앉아 있었다. 부연 수증기 사이로 「모터사이클 다이어리」가 펼쳐졌다. 주인공이 여자친구에게 자신의 강아지 '컴백'을 맡기는 장면이 떠올랐다. 꼭 돌아오겠다는 약속과 또한 여자친구에게 기다려줄 것을 간곡하게 당부하는 의미가 담긴 것이기도 했다. 그러고 나서 주인공은 여행길에 올랐다. 그런 시대였다. 청년은 험난한 여정에 올라 고난과 역경을 헤치고 무사히 돌아와야 하고, 그가 좋아하는 여자는 조신하게 집에 머물며 그를 기다려야 하는…….

목욕을 끝내자 묵은 시간의 때국을 완전히 벗은 것처럼 몸이 가벼워졌다. 겨드랑이 밑에 날개라도 돋은 것 같았다. 욕실 문턱을 넘으면서 빔은 결심했다. 그래, 여행을 떠나자.

*

빔은 나프탈렌 냄새가 옅게 밴 구제 청바지를 꺼내 입고, 언젠가 남대문 시장 가판대에서 두 장에 만 원 주고 산 체 게바라 얼굴이 박힌 검은 티셔츠를 걸쳤다. 그리고 마지막 점검을 위해 엄마의 화장대 거울 앞에 섰다. 화장대는 먼지가 보얗게 앉아 있었다. 잘나가는 보험설계사가 얼마나 바쁜지 말해주듯……. 빔은 '알코올프리'라고 쓰여 있는 엄마의 스킨로션을 바르고 몸에 향수도 살짝 뿌렸다. 손수건을 머리에 둘러맸더니 바이크족 스타일이 살아났다. 한쪽 귀에 링 귀걸이가 달려 있다면 금상첨화일 테지만, 어떤 일이든 2퍼센트의 아쉬움은 남게 마련 아닌가. 아니, 그건 2퍼센트의 여유라고 생각했다. 거울에 비친 모습은 할리에 올라도 손색없어 보였다. 지도, 헬멧, 필기도구, MP3, 화장대 속에 든 비상금, 김밥과 찐 감자와 오렌지까지……. 꼼꼼히 배낭을 챙긴 그는 화장대 위에 놓인 오토바이 열쇠를 마지막으로 집어 들었다. 그리고 메모를 남겼다.

엄마, 할리는 이제 내가 접수하겠어.

여행 끝나는 대로 돌아올게.

두 번째 문장에 마침표를 찍으면서 비로소 깨달았다. 엄마가 할리를 마련해놓은 진짜 이유를……. 그것은 아들을 밖으로 이끌어내기 위한 미끼 같은 것이었다. 아니, 그것은 세상 밖으로 나가는 아들을 위해 엄마가 마련한 선물이었다. 코끝이 시큰했다. 빔은 떨리는 손으로 한 줄 더 덧붙였다.

사랑해, 엄마.

접은 메모지를 화장대 위에 올려놓으면서 그는 오래전부터 이런 날을 꿈꾸어왔음을 깨달았다.

여행을 할 거야, 앨리스.

널 데리러 갈게.

우리, 그곳에 함께 가보자.

이 땅의 끝, 길의 맨 끝인 P까지.

앨리스에게 쪽지를 보내고 나자 가슴 깊이 묻어두었던 열망이 꿈틀거렸다. 설레는 마음으로 할리에 올랐다. 키를 꽂고 시동을 걸었다.

두둥두둥— 할리의 심장 소리가 듬직하게 울려 퍼졌다.

캡 모자 서른여섯 개

이제 모자만 쓰면 된다.

앨리스는 서랍장 맨 위 칸을 연다. 캡 모자가 2단, 여섯 줄로 늘어서 있다. 열두 개의 모자가 든 서랍장이 세 칸이니 모자는 모두 서른여섯 개다.

사람들은 내가 모자 수집광이라도 되는 줄 알 거야. 그것도 캡 모자로만…….

서랍장을 열 때마다 드는 생각이다.

모자는 작년 봄부터 엄마가 쇼핑 때마다 하나씩 사 온 것이다. 물건 사는 걸 광적으로 좋아하는 엄마는 여느 엄마처럼 딸과 함께 쇼핑 나들이를 하고 싶어 했다.

"롬&줄리, 세일하던데. A, C백화점은 오늘부터 봄맞이 정기 세일에 들어가고 C, D백화점은 창고 대방출 시작하고……."

쇼핑 계획이 있는 날이면 엄마는 아침 식탁에서부터 관련 정보를 다채롭게 쏟아냈다.

"그 브랜드는 일 년에 딱 한 번 세일하잖니. 이번 놓치면 내년까지 기다려야 한단 말이야."

엄마의 미끼성 발언에도 딸의 시선은 식탁 위의 밥과 찬그릇이 이루는 반경에서 벗어나지 않았다.

"난 그런 파스텔톤 색상이 좋더라. 봄기운도 물씬 나고."

엄마는 딸이 좋아하는 계란말이를 앞으로 놓아주거나 싫어하는 콩자반을 뒤로 빼거나 하면서 딸의 눈치를 살피지만 앨리스는 못 들은 척 수저질만 열심이었다.

"진아야, 너 스커트 하나 필요하지 않니? 지난번 샀던 오렌지색 블라우스에 받쳐 입을……."

그 블라우스도 엄마의 취향일 뿐 앨리스는 별로 마음에 들지 않았다. 앨리스가 아주 가끔씩 필요로 하는 외출복이라야 무채색 아니면 짙은 청색 계열의 옷이었다. 언제부턴가 그런 색이 자신의 보호색이 돼버린 것이다. 식상할 정도로 평범해서 사람들 사이에서 전혀 눈에 띄지 않는 색 말이다.

"괜찮아. 나갈 일도 없는데 뭐."

조용히 내뱉는 딸의 첫마디가 결국 거절이라는 걸 엄마는 알아

챈다.

그러면 엄마의 인내도 한계에 달한다. 수저질이 거칠어지면서 한숨 섞인 푸념이 흘러나오기 시작한다. '딸이라고 하나 있는 게'부터 시작해 '다른 집 딸내미들은……'으로 넘어가는 넋두리가 정해진 수순처럼 되풀이되는 것이다. 그 대목에 이르면 앨리스는 엄마에 대한 미안함에 굵은 눈물이 뚝뚝 밥그릇 위로 떨어진다. 엄마는 엄마대로 또 당황하며 딸을 달래느라 진땀을 빼고, 딸의 감정이 진정되면 엄마는 상심한 마음을 달래러 혼자 쇼핑에 나서곤 했다.

쇼핑에서 돌아올 때 엄마가 모자를 빠뜨린 적은 지금껏 한 번도 없었으니 모자의 개수는 엄마의 쇼핑 횟수와 일치하는 셈이다. 또한 그것은 앨리스가 엄마의 쇼핑 요청을 거절한 횟수이기도 하다. 그러니 이 모자들은 엄마가 '나쁜 딸'에게 준 옐로카드나 다름없다. 그런 생각이 들자 한쪽 벽면을 차지한 서른여섯 개의 옐로카드가 일제히 앨리스를 쏘아보는 것 같았다. 그것이 벽에 걸려 있던 모자가 죄다 서랍장으로 들어앉은 이유다.

외출 때 결코 빠뜨릴 수 없는 것이 모자다. 그게 없으면 외출은 꿈도 못 꾼다. 사람들 눈길을 그것만큼 효과적으로 피할 수 있는 방법도 없다. 모자챙이 만들어내는, 손바닥 두 개를 합친 정도의 그늘이 언젠가부터 앨리스에겐 세상으로 통하는 창이 되었다.

이 캡 모자를 처음 생각해낸 사람은 시선공포가 있는 사람이었을 거야.

챙이 만들어내는 작은 그늘 속으로 숨을 때마다 그런 생각이 들었다.

서른여섯 개의 모자 가운데 앨리스가 즐겨 쓰는 건 아빠가 출장 때 사 온 블루진 모자다. 디자인이 단순하고 색상이 무난해 마음에 들었다. 엄마가 사 온 모자는 하나같이 화려하고 튀는 스타일이라 쓰고 나설 엄두가 나지 않았다. 딸이 외출 때 모자를 빠뜨리지 않는 이유를 모를 리 없건만 엄마의 분별력은 쇼핑 때마다 임시 파업이라도 하는 모양이다.

그 문제에 대한 아빠의 해석은 이랬다.

"선물 고를 때, 우리는 흔히 그 사람 취향에 맞는 걸 사려 들지. 한데 그 반대도 괜찮은 선물 방법 아니겠어. 취향이 전혀 다른 선물을 한다는 건 상대에게 새로운 것에 눈뜰 기회를 줄 수 있으니까 말이야."

경험의 폭을 넓히고 취향도 변화시킬 수 있다면 더 의미 있는 선물이 될 수도 있다는 게 아빠의 의미심장한 해석이었다. 물론 아빠도 엄마의 쇼핑이 그런 것까지 고려했다는 점에 동의하는 건 아니었다.

"혼자 돌아다니면, 집에서 청승 떨고 앉은 딸자식 생각에 기분이 얼마나 꿀꿀해지는데. 그러니 내 눈에 칙칙한 물건이 들어오겠냐고?"

엄마의 이유 있는 항변이, 엄마가 고른 모자가 실패할 수밖에 없는 까닭으로 보였다.

모자의 실용성 같은 건 둘째치더라도, 엄마의 쇼핑에는 납득하기 어려운 점이 한두 가지가 아니었다. 엄마가 뭔가를 사들이면 이상하게도 필요한 게 더 많아졌다. 가령 엄마가 연둣빛 원피스를 하나 사 오면, 녹색 계열의 스카프와 구두가 필요해지고, 또 거기에 어울리는 액세서리나 색조 화장품이 필요해 엄마는 다시 쇼핑을 나서야 했던 것이다. 물건은 또 다른 물건을 낳았다.

— 영화랑 똑같네. 보면 볼수록 봐야 할 게 더 많아지니까.

빔은 그걸 영화와 연관 지어 말했다.

생각해보니 책도 그랬다. 『빨간 머리 앤』을 읽으면 『앤의 청춘』이 궁금해지고, 『해저 이만 리』를 읽으면 『백경』이 보고 싶어졌다. '뤼팽' 읽으면 '셜록 홈즈' 시리즈 안 읽고는 못 배기는 것처럼.

"어머, 우리 딸이 오늘 웬일이야? 내가 사다 준 모자를 다 쓰고!"

거실 소파에 앉아 리모컨으로 홈쇼핑 채널을 이리저리 돌리고 있던 엄마가 놀라며 일어났다.

앨리스가 평소 쓰던 모자 대신 엄마가 사다 준 모자를 처음으로 쓰고 나선 것이다. 나비 문양 스팽글이 수놓인 분홍 모자. 서랍장을 몇 차례 여닫은 끝에 앨리스는 모험을 해보기로 마음먹었다.

"진아야, 잠깐만!"

엄마는 현관으로 향하는 앨리스에게 태클을 걸어 기어이 돌려

세웠다.

"너, 그 옷이 모자에 어울린다고 생각하니?"

엄마의 깐깐한 눈초리가 딸의 모자챙에서 발끝까지 분주하게 오르내렸다.

"이리 좀 와봐."

엄마는 앨리스의 손목을 끌고 옷장 앞으로 가서 문을 열어젖혔다. 서랍장까지 뒤져 봄옷을 잔뜩 꺼내놓으며 이것저것 입어보게 했다.

"하늘색은 아닌 거 같아. 이 아이보리색으로 입어봐."

앨리스는 엄마가 내민 아이보리색 셔츠로 다시 갈아입는다.

"그 위에 이 조끼 한번 걸쳐봐."

조끼를 입자 엄마는 다시 고개를 갸웃하면서 다른 옷을 집어 들었다.

"엄마 눈에 드는 차림을 한다는 건 온 나라를 뒤져 유리 구두의 임자를 찾는 것보다 더 어려울 거야."

딸의 투정에 엄마는 눈만 살짝 흘길 뿐 분주한 손놀림은 여전했다. 그 눈 흘김의 의미를 앨리스는 잘 알고 있다. '너 딸내미 역할 잊었어?' 이런 뜻에 다름 아니라는 걸. 어릴 적부터 엄마는 딸의 빼놓을 수 없는 역할 중 하나가 '엄마의 인형이 기꺼이 돼주는 것' 이라고 강조했다. 엄마의 그 단골 멘트는 유명 패션 디자이너의 말을 흉내 낸 것이다. 미미 인형을 닮은 그 여성 디자이너는 인터뷰에서 당돌한 멘트를 던졌다.

— 난 세상 모든 여자를 내 인형으로 생각해요. 그들에게 내가 만든 옷을 맘껏 입혀주고 싶어요.

그 말을 들었을 때 앨리스는 자신이 그 디자이너의 손에 들린 인형이라도 된 것처럼 소름이 돋았다. 자신의 눈을 물끄러미 들여다보는 그녀의 까만 눈동자가 송곳처럼 눈을 찔러오는 느낌이었다. 클레오파트라 머리 스타일의 그 디자이너는 유난히 눈동자가 검고 반짝였다.

"엄마, 나 예약 시간에 늦을지도 몰라."

앨리스가 벽시계를 보며 헝클어진 머리를 쓰다듬자 엄마는 그제야 수습할 낌새를 보였다.

분홍 모자를 위한 코디는 엄마의 검열을 거치면서 간신히 마무리되었다. 무릎까지 오는 진분홍 주름치마에 초콜릿색 레깅스, 하얀 면 티 위에 걸쳐 입은 연보라 탱크탑으로 엄마의 취향이 완벽하게 반영된 코디가 완성되었다. 그제야 앨리스는 간신히 풀려났다.

딸 노릇도 결코 쉬운 게 아냐.

현관을 나서며 앨리스는 속으로 투덜거렸다. 그러면서도 가슴 한편이 아릿해 오는 걸 어쩔 수 없다. 엄마의 유난스러운 쇼핑 집착은 앨리스 자신의 증상과 무관치 않다는 생각이 들었던 것이다.

아파트 입구 경비실 앞을 지나다 앨리스는 잠시 걸음을 주춤했다. 경비실 유리창에 비친 자신의 모습을 보고서였다. 스스로 보기에도 놀라운 변신이었다. '세상 속으로' 게시판에 올라 있던 영화 스틸 한 장이 몰고 온 나비효과라고 생각했다.

그곳 사람들도 다들 봄을 타고 있었다. 패러디가 학교에 복학하고, 사공이 오프라인 모임에 대해 자주 얘기를 늘어놓는 바람에 앨리스도 난데없이 오프라인 모임 유혹이 생겼다. 하지만 여행길에 오른다는 빔의 쪽지를 받았을 때는 정신이 번쩍 들었다.

— 기다려, 앨리스. 널 데리러 갈게.

자신이 제안한 일이긴 했지만 앨리스는 이렇게 빨리 닥칠 줄은 몰랐다. 너무도 갑작스러워 뒷걸음질부터 치게 되었다. 누군가의 도움이 필요했다.

*

"여어, 오늘은 봄 처녀 행차시네."

장의사는 반가운 목소리로 앨리스를 반겼다. 평소의 그답지 않게 밝고 쾌활했다.

'장진우 신경정신과' 전문의인 그에게 앨리스는 '장의사'라는 별명을 붙였다. 하얀 가운 차림의 그가 뚝뚝하고 진지한 표정으로 있으면 장의사 분위기가 났다. 가운의 흰색을 볼 때마다 앨리스는 그것이 의사라는 직업의 보호색처럼 보였다. 그 권위에 환자는 고분고분 따를 수밖에 없는. 하지만 오늘은 장의 목소리와 표정에서 부터 그런 칙칙함이 전혀 묻어나지 않았다.

"근데 진아가 갑자기 웬일이지? 왔다 간 지 얼마 되지도 않았는 데……?"

앨리스는 선뜻 말을 꺼내지 못했다.

"그나저나 진료실이 다 훤하네. 진작 그렇게 좀 입고 다니지."

장의사는 앨리스의 차림에 관심을 보였다. 앨리스는 모자챙 아래 눈으로 찬찬히 그의 시선을 따라갔다. 장의 시선을 이전처럼 피하지 않기로 했다. 분홍 모자를 골랐을 때부터 마음을 단단히 굳히고 나선 길이었다.

그의 눈은 안경 너머서 반짝이고 있었다. 검고 맑은 눈동자에 속눈썹이 짙고 길었다. 앨리스는 지금껏 한 번도 그의 눈을 똑바로 쳐다본 적이 없음을 떠올렸다. 진료 상담 때 앨리스의 눈길은 의사 가운 중간 단추쯤에 머물렀다. 거기까지가 시선의 한계였다. 하지만 오늘은 그 한계를 넘어섰다.

앨리스의 옷차림에서 시작한 그의 관심은 요즘 패션 경향으로 옮아가더니 자신의 가운 이야기로 돌아왔다.

"의사 가운도 말이야, 이렇게 자루처럼 만들지 말고 라인을 좀 넣어야 해. 그러면 환자를 대하는 자세가 좀 더 유연해지지 않겠 어. 틀에 박힌 생각이, 회충약 한 알이면 해결될 일을 뇌 단층촬영 까지 하게 만든다니까……."

장은 황당한 의료사고를 들려주며 과학에도 상상력이 부족하면 얼마나 코미디 같은 결과가 나오는지, 사소한 형식이 사람들 생각에 얼마나 많은 영향을 미치는지에 관해 다소 장황하게 늘어놓았다.

"나도 때론 이런 유니폼 대신 사복 차림으로 진료했으면 싶다니까."

그가 자신의 가운을 못마땅한 듯 내려다보며 말했다.

"선생님은 가운이 잘 어울리시는데요."

앨리스가 첫마디를 꺼냈다.

"그래?"

그가 반색했다. 칭찬을 반기는 것인지 앨리스의 첫 대꾸를 반기는 것인지 알 수 없었다.

옷차림에서 시작한 대화가 촉매제가 되어 앨리스는 자신의 고민거리를 털어놓을 수 있었다. 장의사는 카페 '세상 속으로' 얘기에 호기심을 보이며 귀를 기울였다.

"닉네임이 앨리스구나……. 『이상한 나라의 앨리스』 내가 제일 좋아하는 동화책인데."

장은 사공의 사이버 상담 치료 이야기에는 직업적 호기심을 보이며 눈을 반짝였다. 빔 이야기가 나왔을 때는 더더욱 관심을 나타냈다.

"P라는 곳엘 같이 간단 말이지, 그것도 남자친구랑……."

'남자친구'라는 말이 앨리스에겐 낯설게 들렸다. '사귀는 사이'라는 의미가 짙었지만 엄밀히 말해 그건 아니었다. 카페 회원들 중에서 빔과 제일 친하긴 했으나 그건 대화가 가장 잘 통하는 친구였기 때문이다. 남자친구라기보다는 '남자인 친구' 아니면 '소울메이트'라는 표현이 더 적절할 것 같았다.

어쨌든 장의사에게 속마음을 털어놓은 것만으로도 앨리스는 홀가분했다. 엄마 아빠한테는 결코 할 수 없었던 말이다. 빔의 쪽지에 놀라 뒷걸음질했던 마음이 어느새 제자리로 돌아와 있었다.

"그러니까 미리 연습하는 셈 치고 엄마랑 쇼핑도 좀 다니고 그래. 예쁜 옷도 사고 하면 여행 기분이 더 날 거 아냐. 남자친구는 물론이고 엄마 아빠도 얼마나 좋아하시겠어."

장의사는 한마디 덧붙인 다음 펜을 꺼내 들었다.

"그럼 이제, 처방전 써줘야지."

장의 펜이 종이 위에서 움직이는 걸 앨리스는 물끄러미 보고 있었다. 그의 손에 잡힌 펜은 앨리스 양심에 갈작갈작 생채기를 내며 움직였다. 그동안 처방받은 약을 책상 서랍 속에 봉투째 쌓아놓기만 했던 사실이 떠올랐던 것이다. 앨리스는 장에게 그 얘기도 솔직하게 털어놓고 싶었지만 참았다. 그를 실망시키고 싶지 않았다.

장이 마침내 처방전을 들어 보였다.

"모든 게 잘될 거야. 사랑의 묘약을 담았거든."

1번 국도

빨간 신호등이 켜졌다. 빔은 교차로 정지선 앞에 멈춰 섰다. 마침내 도심을 벗어나는 지점에 이른 것이다. 사거리가 한눈에 들어왔다. 머리 꼭대기에서 맴돌던 해도 어느새 한 걸음 비껴나 있다. 바람이 스릇 스쳐 갔다. 빌딩 숲을 떠도는 이 건조한 바람과도 한동안 이별이다. 바람의 결이 유난히 생생하게 감겨든다. 이 사거리에서 왼쪽으로 꺾어 조금만 더 가면 1번 국도와 만날 수 있다. 네이버가 알려준 정보가 틀리지 않는다면…….

넉넉잡아 한 시간이면 도심을 빠져나갈 거라던 예상은 보란 듯이 빗나갔다. 시내를 통과하는 일은 생각만큼 쉽지 않았다. 할리데이비슨에 오른 기쁨과 설렘도 잠시였다. 동네 골목을 벗어나 도로로 접어들면서부터 빔은 서울에 막 도착한 시골 쥐 심정이었다. 도로는 전기회로처럼 복잡했다. 심장이 쪼그라들고 등에선 식은땀이 났다. 신호등이 버티고 선 사거리나 횡단보도는 왜 그렇게 많은지, 곡예하듯 달리는 택배 오토바이는 또 왜 그리 많은지……. 접촉 사고를 낼 뻔한 아슬아슬한 순간도 있었고, 이정표를 착각해 길을 잘못 접어들기도 했다.

오래 틀어박혀 있은 티가 확 났다. 길도 세상도 심하게 낯가림을 해 왔다. 햇빛은 눈을 찌를 듯 부셨고 차량 물결은 금방이라도 자신을 덮칠 것 같았다. 할리에 쏠리는 사람들 눈도 여간 불편한 게 아니었다. 자랑스러울 거라 여겼던 생각은 착각이었다. 집으로 돌아가 버릴까 싶기도 했다. 하지만 큰맘 먹고 나선 길, 포기하는 것도 쉽지 않았다. 자존심과 체면이 걸린 일인 데다 약속까지 떠올리면 그것은 신뢰의 문제이기도 했다. 가족과 앨리스는 물론이고 무엇보다 자신 스스로에게…….

녹색등이 켜졌다. 직진과 좌회전 표시가 동시에 들어오자 차들이 일제히 움직이기 시작했다. 빔은 직진하는 차량의 거대한 흐름에서 비껴나 좌회전했다. 할리의 머리를 왼쪽으로 향하고 부드러운 곡선을 그리며 방향을 틀었다. 우선 시야부터 달라졌다. 빽빽한 콘크리트 건물과 어지러운 대형 전광판 대신 푸른 하늘이 시원스레 펼쳐졌다. 멀리 산이 둘러 있는 풍경 한가운데로 4차선 도로가 거침없이 뻗어 있었다.

이건 꼭 할리와 나를 위해 준비한 길 같은데. 빔은 자신감이 솟았다. 속력을 높였다. 할리의 명예를 되찾게 해줄 때가 된 것이다. 두둥 두두둥— 묵직한 배기음과 함께 할리의 떨리는 심장이 온몸을 타고 흘렀다. 피를 나눈 형제처럼.

바람이 세차게 부딪쳐 왔다. 세상의 바람이란 바람은 다 자신을 향해 몰려드는 것 같았다. 지금껏 이 시원한 바람과 맑은 햇빛과 담쌓고 살아왔다니……. 제 세상을 만난 건 할리도 마찬가지였다. 질주 본능을 한껏 드러냈다.

그때, 전방 갓길에 뭔가 심상찮은 광경이 보였다. 200미터, 150미터, 100미터……. 거리가 좁혀들면서 상황이 또렷이 잡혔다. 갓길에 순찰차가 서 있고 그 앞에 교통경찰이 버티고 있었다. 빔은 순간적으로 움츠러들었다. 설마, 하며 사이드미러를 들여다보았다. 양쪽 모두 푸른 하늘과 텅 빈 아스팔트만 잡힐 뿐이었다. 앞뒤 좌우 어디를 둘러봐도 자동차는커녕 자전거 한 대 눈에 띄지 않았다. 길 위를 달리는 거라곤 자신의 할리뿐. 아, 그 많던 차들이 다들 어디로 사라졌나. 허허벌판에 혼자 남겨진 기분이었다. 할리의 심장 소리가 가라앉고 거침없던 바람도 서서히 뒷걸음질했다. 빔은 할리의 도도하고 눈부신 머리를 경찰 지휘봉을 향해 조아릴 수밖에 없었다.

그를 맞은 건 작달막한 키의 뚱보 경관이었다. 박봉만. 외양과 잘 어울리는 이름 석 자가 경찰복 가슴에 수놓아져 있었다. 박은 뒷짐 진 채 할리와 그 위에 올라앉은 할리 주인을 낱낱이 훑어보았다.

"어, 미성년자 아냐……?"

박이 헬멧 벗은 빔을 보더니 눈을 동그랗게 떴다.

"면허증 줘봐, 학생."

"면허증이요? 오토바이도 그게 필요한가요……?"

빔이 눈을 멀뚱거리며 대꾸했다.

"허 참, 자전거 뒷바퀴 바람 빠지는 소리는……."

박이 혀를 차며 못마땅한 듯 내뱉었다.

"예전에도 그냥 막 타고 다녔는데요."

"뭐, 이런 오토바이를?"

"아뇨. 이건 아니고 스쿠터."

"스쿠터도 스쿠터 나름이고, 이건 엄연히 배기량이 오백, 아니천……."

박은 기억이 정확지 않은지 말을 얼버무리고는 할리 주위를 맴돌았다. 경찰봉을 손으로 톡톡 치면서 뭔가 한 건 노리는 듯한 자세였다.

"어라, 번호판도 이거 순 가라잖아. 무면허에 가짜 번호판 할리 데이비슨이라……."

박은 '약점 먹는 하마'처럼 의기양양해졌다. 질투인지 적대감인지 그는 빔이 탄 오토바이가 할리데이비슨이라는 것 자체가 못마땅한 모양이었다.

"무면허, 자넨 일단 거기서 내리시지."

한눈에 상황을 다 파악했다는 듯 박이 말했다.

*

— 다음에는 모자 없는 패션으로 와봐.

장의사의 마지막 멘트 때문이었을까. 진료실 나서는 기분이 꼭 쇼핑몰 의류 매장 나서는 기분이었다. 병원 드나든 이래 장의사와 가장 친숙하고 솔직한 상담을 한 것 같았다. 앨리스는 장의 눈을 모두 몇 번 쳐다보았는지 헤아려보았다. 최소한 일곱 번……. 스스로 생각해도 뿌듯하고 대견스러웠다. 다음번에는 모자챙 아래로가 아니라 정면으로 그 눈을 볼 수도 있겠다는 자신감이 들었다.

게시판 영화 스틸 하나에서 시작한 일이었다. 빔은 바이크 여행을 계획했고 결국 앨리스도 이렇듯 외출을 하게 된 것이다. 앨리스는 빔과의 일을 카페 내에서 비밀로 하기로 했다. 불필요한 오해를 사고 싶지 않았다. '정모 없는 카페'. 그것이 '세상 속으로'의 특징이라면 특징이었다. 그렇다고 오프라인 모임이 전혀 없는 건 아니었다. 간간이 올라오는 게시판 글을 보면 몇몇 마음 맞는 사람끼리 만나는 경우도 있었다. 대개는 오프라인 만남 후 서로 친해지지만 더러 갈등이 생기기도 했다. 모임에 나왔던 사람들 사이에 오해와 다툼이 생기면 비방 글이나 사생활 침해성 글이 올라오면서 민망한 상황이 벌어지기도 했다. 갈등으로 탈퇴하는 경우는 차라리 나은 편이다. 가령 '나분열'처럼 공격적인 회원이 접속하면 공개 채팅방은 초토화되고 만다. 앨리스가 '이상한 나라'라는 비공개 채팅방을 만들 수밖에 없었던 것도 그 때문이었다. 이런저런 이유로 여느 카페처럼 오프라인 모임이 지속적으로 원활하게 이루어지는 건 아니었다. 앨리스 같은 지방 회원인 경우는 그럴 기회조차 없었지만.

모퉁이 가게를 지나면서 앨리스는 쇼윈도에 비친 자신의 모습을 보았다. 봄 신상품으로 화사하게 차려입은 마네킹 옷차림에 견주어도 손색이 없었다. 머리에서부터 발끝까지 엄마의 코디 솜씨는 빛을 발했다.

— 미리 연습하는 셈 치고 엄마랑 쇼핑도 좀 다니고 그래. 예쁜 옷도 사고 하면 여행 기분이 더 날 거 아냐. 남자친구는 물론이고 엄마 아빠도 얼마나 좋아하시겠어.

장의 제안이 귓가에 맴돌았다.

멀리 전철역 입구가 보였다. 앨리스는 잠시 갈등했다.

오늘은 전철 타고 집에 가볼까?

갈아타는 번거로움에도 불구하고 지금껏 버스만 고집했다. 전철은 여러 면에서 불편했다. 옆 자리 여자의 비뚤게 그려진 아이라

인이 다 보이도록 조명이 지나치게 밝다는 것, 칸 하나에 사람이
너무 많이 탄다는 것, 그리고 무엇보다 좌석이 마주 보도록 되어
있다는 것…….

　─사람들은 너한테 아무 관심도 없어. 그저 무심히 지나가는 시
선일 뿐이라고. 너도 그렇잖아. 눈에 스치는 모든 것이 다 네 마음
속에 들어앉지는 않잖아.

　엄마 아빠가 늘 강조하는 말을 되뇌면서 마음을 다잡지만 막상
낯선 시선과 부딪치면 그런 생각도 힘을 잃었다.

　오늘 모험은 이걸로 충분해.

　앨리스는 여느 날처럼 버스 정류장으로 향했다.

파출소 무박 2일

"열일곱이라······. 학교 안 다니면, 그럼 재수생인가?"

박이 마우스 잡은 손을 멈추며 물었다.

"아뇨."

"그럼······?"

"그냥 제가 하고 싶은 일 하고 있어요."

빔이 시큰둥하게 대답했다.

"무슨 대단한 일을 하길래 학교도 안 다니고?"

박이 혀를 차며 물었다.

"학교가 뭐, 저한테 꼭 필요한 것도 아니고 해서······."

빔의 대꾸에 모니터에 고정돼 있던 박의 시선이 90도 회전했다.

"학교가 필요에 따라 다니고 말고 하는 곳이냐?"

빔은 학교에 대한 사람들의 절대적 믿음을 더 이해할 수 없었으나 잠자코 있기로 했다. 자신의 생각을 얘기했다가는 말싸움이 길어질 게 뻔했다.

"그나저나 네놈 배짱 한번 좋다. 온 국민이 대학 문을 향해 돌진하는 이 교육 광(狂)국에서 중졸로 어떻게 버티려고⋯⋯."

박은 경관에서 담임선생으로 자리바꿈해 있는 투였다.

"공부를 뭐, 꼭 학교에서만 하나요."

무심코 던진 한마디가 도화선이 되었다.

"그럼, 네놈은 할리 타고 다니면서 길바닥에서 공부하냐?"

비아냥거림이 흘러나왔다.

"못할 것도 없죠."

빔이 되받았다.

당돌한 대꾸에 박은 박대로 심사가 꼬인 모양이었다.

"그러면서 네놈은 어떻게 세발자전거 타고 다니는 애들도 아는 오토바이 관련 기본 상식도 모르냐⋯⋯?"

"⋯⋯."

빔도 그 문제라면 할 말이 없었다. 어떻게 면허증 문제를 까맣게 모르고 있었는지 스스로 생각해도 한심하고 쪽팔렸다.

"보호자부터 불러, 인마! 미성년자 주제에⋯⋯."

박은 보기 좋게 한 방 먹였다는 듯 의기양양해했다.

"지금은 집에 사람이 없어 연락이 안 되는데요."

빔이 나와 있는 이상, 9시 전까지는 빈집이다.

"때가 어느 땐데, 집에 사람 없다고 연락이 안 돼. 휴대폰은, 뒀다 삶아 먹을래?"

"휴대폰 없는데요, 전. 식구들 번호도 기억 안 나요. 집 전화밖에……."

"너, 꼼수 부리는 거 아니냐? 집 전화번호 대봐."

박이 미심쩍은 눈초리로 빔을 쏘아보았다.

빔은 기억을 더듬으며 떠듬떠듬 집 전화번호를 말했다.

"삼, 칠, 구, 사……."

박은 빔이 불러주는 번호를 또박또박 따라 하며 전화 버튼을 눌렀다.

그는 수화기를 한참 들고 있다가 내려놓았다.

"너, 혹시…… 저거 하나 때문에 다른 거 다 포기한 거 아니냐? 학교도 휴대폰도……."

박이 문밖의 할리를 가리키며 말했다.

빔은 그냥 받아넘겼다. 담임도 이해 못 한 일을 '박봉만'이라는 이름의 경관에게 납득시킬 수는 없어 보였다.

— 대체 넌 학교를 뭘로 보는 거냐?

담임은 불쾌한 어조였다. 교사로서의 자존심과 체면이 구겨졌다고 생각한 모양이었다. 빔이 삼천 편의 영화를 보고 난 다음 학교에 대해 다시 생각해보겠다는, 깊은 고민 끝에 내린 결론을 털어놓았을 때였다.

―영화감독 중에 대졸자가 많겠어, 가방끈 짧은 사람이 많겠어? 그 확률만 따져봐도 결론이 나오는 거 아냐. 그걸 직접 겪어봐야 알겠어? 미련하게스리.

세상 모든 일의 기준을 학교 또는 학력에 두고 있는 담임의 설득이 빔에게 먹힐 리 없었다. 그의 생각은 빔에겐 일종의 직업병으로 비칠 뿐이었다.

여행 첫날부터 발이 묶이다니, 더군다나 파출소에서……. 일정대로라면 오늘 밤은 서울을 벗어나 경기도 어느 농촌 마을 폐가나 국도 변 적당한 곳에서 하룻밤 묵을 예정이었다. 다음 날과 그다음 날은 1번 국도를 따라 난 마을과 도시를 차례로 둘러보고 나흘째 되는 날, 앨리스가 사는 D시로 들어갈 생각이었다. 거기서 앨리스를 만나 함께 P로 향하는 것이다. 영화 속 촬영지 구석구석을 둘러본 다음 바다 구경을 실컷 하는 것. 그 목적을 이루고 나서 앨리스를 집에 무사히 데려다 주고는 3번 국도를 타고 천천히 서울로 오면서 여행을 마무리할 생각이었다. 그 첫 단추가 잘못 끼워져버린 것이다.

빔은 첫날부터 뒤틀려버린 일정표를 들여다보며 이 난관을 어떻게 벗어나야 할지 고심했다. 적어도 이곳에서 모든 걸 포기하고 집으로 돌아가고 싶지는 않았다. 자신이 빼 든 칼이 고작 풋내기의

치기 어린 일탈에 그칠 수는 없었다. 엄마도 누나도 그건 원치 않을 것이다.

적당한 기회를 틈탄 도주, 그 방법밖에 없어 보였다. 그러려면 박 경장 손에 있는 할리 열쇠부터 빼내야 했다.

"야, 무면허, 너 배고프지. 밥이나 먹으러 가자."

어깨를 툭 치는 박의 손짓에 빔은 속내를 들키기라도 한 듯 놀랐다. 하지만 박은 오로지 굶주림으로 가득한 얼굴이었다.

바깥은 벌써 저녁 어스름이 내리고 있었다.

"넌 뒤에 타. 면허도 없는 놈이 주제넘게스리."

박이 할리에 오르려는 빔을 밀쳐냈다.

"면허증 없어도 운전만큼은 남한테 뒤지지 않거든요."

빔이 당돌하게 대꾸했다.

박은 그런 빔을 한심하다는 듯 쳐다보았다.

"이 세상은 인마, 실력보다 면허증이 우선이야."

한 수 가르쳐주는 듯한 한마디였다.

빔은 마지못한 듯 뒷자리에 올랐다.

"할리데이비슨 이건 역시 투어용이야. 일단 시야부터 시원스레 확보가 되잖아."

박은 할리가 꼭 자신의 것인 양 말했다.

"캬~ 저녁놀 한번 죽이네……!"

박이 감탄사를 연신 쏟아놓았다.

서녘 하늘은 황금과 피를 반반씩 섞어 하늘에 확 뿌려놓은 것 같았다. 뭉게구름이 핏빛 노을과 어우러져 환상적인 그림을 만들어냈다. 터너 그림 속에 들어와 있는 것 같았다. 할리는 터너의 하늘을 질주하고 있었다.

'울릉도 동남쪽 뱃길 따라 이백 리 외로운 섬 하나 새들의 고향~'

느닷없이 「독도는 우리 땅」이 터너 그림을 찢어놓았다.

박의 휴대폰 벨소리였다. 그는 급히 할리를 갓길에 세웠다.

"에이, 하필이면 이때 비상 호출이람……."

박은 할리 머리를 오던 길로 다시 돌렸다. 방향이 바뀌자 불타는 노을 대신 도시 외곽의 해질녘 풍경이 차분하게 펼쳐졌다. 터너에서 밀레의 화풍으로 분위기가 바뀌었다.

*

"야, 무면허, 이리 좀 와봐."

박 경장이 빔을 불렀다. 그가 집에 연락하고 난 직후였다.

"너네 어머니 말이다……."

박이 조심스럽게 말을 꺼냈다.

"친엄마냐?"

빔은 눈을 동그랗게 치켜떴다.

"아니, 내 말은, 그냥 궁금해서……. 목소리도 젊고 말하는 뽄새도 영……."

박은 말을 얼버무리더니 서랍에서 담뱃갑을 꺼냈다. 빔을 대하는 태도가 완전히 달라져 있었다. 말투가 누그러들고, 빈정거림도 찾아볼 수 없었다.

"왜 그러시는데요?"

돌변한 박의 태도에 빔은 궁금증이 일었다.

그는 별다른 해명도 없이 뭉그적대기만 했다.

"식사 왔습니다!"

철가방 든 청년이 찬 바람을 일으키며 들어섰다.

"밥부터 먹고 보자."

좋은 핑곗거리를 만난 듯 박은 책상에서 일어섰다.

빔도 반사적으로 그를 따라 일어났다.

사무실 뒷문과 연결된 침침한 복도를 지나니 숙직실로 보이는 방이 하나 있었다. 입구 벽에 붙박이 사물함이 있었고, 반쯤 커튼이 쳐진 구석 자리에 군대식 침대가 있었다. 창가 쪽으로 4인용 플라스틱 탁자가 놓여 있었다. 안으로 들어서자 홀아비 방에서 나는 듯한 퀴퀴한 냄새가 났다.

"앉아라."

박이 말했다.

담뱃불 자국이 두어 군데 나 있는 사각 플라스틱 탁자 위에 늦은 저녁이 차려졌다. 김이 오르는 순댓국 두 그릇과 공깃밥 둘, 소주 한 병, 그리고 잔이 두 개였다.

빔은 소주병에 눈이 머물렀다.

"왜, 한잔하고 싶냐?"

박은 소주병부터 땄다.

"근데, 근무 중에 술 마셔도 돼요?"

빔은 괜히 딴지가 걸고 싶어졌다.

"예수님이 만찬 때 빵만 주신 줄 아냐?"

잔에 소주를 따르며 그가 덧붙였다.

"빵에는 포도주, 순댓국에는 쐬주. 각 민족의 음식 문화를 존중할 줄 알아야 하는 거야. 그리고 이런 건 술이 아니라 반주라고 하는 거다."

이번에도 한 수 가르쳐주듯 덧붙이더니 그는 첫 잔을 쭉 들이켰다.

"난, 할리데이비슨 때문에 네놈이…… 화목한 집에서 곱게 자란 자식인 줄 알았잖냐."

그는 공깃밥과 순댓국을 빔 앞으로 밀어주며 먹을 것을 권했다.

배가 고프긴 했지만 빔은 영 식욕이 생기지 않았다. 수저로 국물만 몇 번 떠먹는 시늉을 했다.

"대체로 부모들은 자식이 파출소 와 있다면 단숨에 달려오걸랑.

아주 콩가루 집안이 아닌 이상은……."

소주 두어 잔에 박은 얼굴이 붉어졌다. 그는 빔의 눈치를 살피며 조심스럽게 말을 꺼냈다.

"너네 엄마…… 친엄마 아니지?"

그의 눈에는 연민이, 목소리에는 확신이 담겨 있었다.

"……."

"그래도 넌 행복한 줄 알아, 인마. 세상에는 너보다 더한 사람도 많아."

박은 착잡한 표정으로 소주를 홀짝였다.

빔은 그의 모습을 바라보고만 있었다.

"아들이 파출소 와 있다는데도 너네 엄마가 시큰둥하게 나오는 바람에, 내가 구라를 좀 쳤거든. 보호자가 데리러 오지 않으면 감방 보낼 수도 있다면서……."

빔은 눈을 치켜떴다.

박은 말을 중단한 채 술만 홀짝였다. 그는 술잔을 내려놓고도 한참이나 뜸을 들인 다음에야 덧붙였다.

"차라리 잘됐다잖아. 나 참, 기가 막혀서. 그러면서 뭐라 그러는 줄 알아? '집보다야 감방이 백번 낫겠네요. 거기는 그래도 말 상대도 있고, 때 되면 누가 밥도 차려줄 거 아니에요.' 하더라고."

박은 너털웃음을 지었다.

역시나 엄마다운 반응이라고 빔은 생각했다. 빔이 학교를 그만

두겠다고 했을 때도, 엄마는 담임과는 달랐다. 빔이 자신의 계획을 구체적으로 보여주었을 때 엄마는 담담하게 아들의 결정을 받아들였다. 담임처럼 훈계에 가까운 설득 같은 건 하지도 않았다. 그리고 지금껏 내색 한번 하지 않고 기다려주었던 것이다.

"내가 괜한 말을 했나."

박이 빔의 표정을 살피며 말했다. 그는 촉촉해진 빔의 눈을 보고는 몹시 난처해했다.

"살다 보면 이보다 더한 일도 많아, 인마. 그래도 넌 새엄마라도 있지. 난 열다섯에 혈혈단신으로 이 세상에 내던져졌어……."

빔을 위로하기 위해 꺼낸 말이 그의 옛 기억을 일깨운 모양이었다. 그때부터 이야기의 초점이 박 경장 자신에게로 맞춰지더니 엉뚱하게도 그의 과거 이야기가 흘러나왔다. 유복자로 태어나 가난하고 외롭게 자라난 어린 시절 이야기에서 시작해 고학으로 검정고시를 차례로 통과하고 9급 경찰공무원 공채에 합격해 경장이 되기까지, 인간 박봉만의 삶의 역정에 관한 이야기였다.

"그래서 말인데, 중졸……."

박은 이쑤시개를 빼 들면서 뜸을 들였다.

"이 대한민국 사회는 말야, 웃기는 얘기지만, 고등학교는 나와야 그나마 금수 취급은 면한다고. 너, '금수'라는 말 알지? 다시 말해 인간과 동물을 구분하는 최저 임계선이, 너 임계선이라는 말도 알지? 그 최저 임계선이 '고졸 학력'이라고 생각하면 된단 말이지."

그의 결론은 모범 답안에 지나지 않았다. 그런 아쉬움만 빼면 그와 마주한, 두 시간에 걸친 저녁 식사는 감동적이었다. 집에서 벽과 마주하고 앉아 라면과 김밥을 번갈아 먹던 것하고는 비교할 수 없을 정도였다.

박은 담뱃갑을, 빔은 빈 그릇을 각각 챙겨 들고 파출소 밖으로 나섰다.

"어 시원하다."

박은 술기운 덕을 보는 것 같았으나, 빔은 맵찬 밤공기에 몸이 으슬으슬했다.

실내에서 흘러나온 불빛이 할리의 철제 프레임을 타고 은은히 흘렀다. 여러 오토바이 사이에서 단연 돋보이는 자태였다.

"저거 네가 고른 거 아니지?"

박의 날카로운 물음에 빔은 대꾸도 하지 못했다.

"그나저나 너희 새엄마, 똑똑한 여잔가 보다. 저걸 보고 어느 자식이 집에 붙어 있겠냐. 나도 저걸 보니까 마음이 들뜨는고만."

담배 피우는 내내 박은 할리에서 눈을 떼지 않았다.

— 얼마나 다행이야. 양심적인 사람 차에 치였다는 게. 돈 있는 사람이 그렇게 겸손한 경우는 내 생전 처음이다. 아직도 죄스러워하는 거 있지. 마음의 짐을 덜고 싶다고 하더라고. 보험 처리와는 별도로 뭔가 선물을 하나 하고 싶다는 거야. 그래서 내가 마지못해

그랬다. 정 그렇다면 망가진 스쿠터를 대신할 수 있는 오토바이로, 이왕이면 고급으로 해달라고. 너희 생각도 나고 해서…….

엄마는 나중에야 할리에 얽힌 사건의 전모를 털어놓았다. 그건 엄마를 위한 것이 아니었다. 그것은 빔을 이끌어내기 위해 오랜 시간 뒷마당에 방치돼 있었던 것이다. 그것은 아들을 위한 엄마의 용의주도한 계획이자 배려였다. 빔은 코끝이 시큰해졌다.

"자, 받아라. 선물이다!"

박은 호주머니에서 뭔가를 꺼냈다. 빔의 손에 건네진 건 뜻밖에도 할리 열쇠였다.

"일 다 끝났으니, 이제 가봐!"

그는 담배꽁초를 바닥에 던지고 발로 비벼 껐다.

"가라고. 너희 집으로 가든, 운전 교습소로 가든. 떨떨하게 이런 데 붙잡혀 오지 말고."

마지막 당부까지 한 다음 박은 몸을 돌렸다.

빔은 제자리에 멍하니 서 있었다. 그의 마지막 멘트와 뒷모습이 꼭 영화의 라스트신 같았다. 코끝이 찡하도록 감동적이면서도 왠지 실감이 잘 나지 않았다.

날카로운 밤바람이 스쳤다. 정신이 번쩍 들면서 눈앞의 현실이 또렷이 잡혔다. 금방이라도 떠날 준비가 된 할리, 막막한 어둠, 그리고 온몸을 파고드는 냉기……. 원하던 열쇠를 쥐었건만 탈출의 열망은 오간 데 없었다.

“저, 경관님!”

빔이 황급히 그를 불러 세웠다.

“저…… 오늘 하루만 여기서 좀 재워주심 안 돼요?”

빔은 떨리는 몸을 손으로 비비면서 말했다. 체감온도로는 극지
방이나 다름없었다. 해방의 기쁨에 사로잡혀 할리와 함께 어둠 속
을 내달리다가는 내일 아침 동사체로 발견될 게 뻔했다.

“왜, 풀려나니까 이제 파출소가 모텔처럼 보이냐?”

“추, 추워서요. 나, 날 밝으면 갈게요.”

“무료 숙박까지? 허 참, 요새 젊은것들은 공권력 무서운 줄을 몰
라.”

박은 퉁명스레 쏘아붙이면서도 빔이 실내로 들어가는 걸 막지
않았다.

파출소 안은 어수선했으나 따뜻해서 좋았다. 빔은 소파 맨 구석
에 자리 잡았다. 잠시 눈을 붙였다 날이 밝으면 떠날 생각이었다.
그것이 한낱 꿈에 불과하다는 걸 반 시간도 못 가 깨달았다. 자정
을 훌쩍 넘긴 파출소는 심야의 병원 응급실 같았다. 경관과 다투는
사람, 눈물로 하소연하는 사람, 술주정하는 사람들로 내내 술렁거
렸다.

빔은 조용하고 아늑한 자신의 방이 그리웠다.

일단, 집으로 돌아갈까?

지금으로서는 그게 가장 현명한 선택 같았다. 나름대로 철저하

게 준비해 나섰다고 자부했으나 역시 예기치 못한 걸림돌이 많았다. 면허증도 번호판도 현실적으로 피해 갈 수 있는 문제가 아니었다. 집으로 돌아가 모든 걸 완벽하게 준비한 다음 나서는 게 순서일 것 같았다.

하지만 앨리스와의 약속은…… 가족들의 기대는……?

생각이 거기에 이르자 마음은 또 180도 돌아선다. 집으로 간다면 언제 다시 나설 수 있을지도 미지수다. 면허증도 번호판도 단번에 해결할 수 있는 문제가 아니지 않은가. 돌아가는 게 맞는 일 같으면서도 타협 같았고, 이대로 계속 여행한다는 건 용기 있는 일 같으면서도 무모해 보였다.

돌아갈까, 눈 딱 감고 앞으로 갈까.

뾰족한 답이 떠오르지 않았다.

동전을 던져서 정할까?

그때 뭔가가 빔의 눈에 띄었다. 스포츠 신문. 옆자리에 비스듬히 누워 잠든 취객 얼굴에 덮인 것이었다. 누군가가 연필로 적어 넣은 '낱말 맞추기' 옆에 '오늘의 운세'가 보였다. 빔은 얼굴을 들이밀고 자신의 것에 맞는 내용을 찾아 찬찬히 읽어나갔다.

'햇빛이 있는 동안 건초를 말려라. 망설이다 기회를 놓칠 수 있으니 과감한 선택이 필요한 때…….'

미로를 헤매다 출구를 발견한 기분이었다. 빔은 마음을 굳히고 자리에서 일어났다.

바깥은 날이 부옇게 밝고 있었다.

박 경장의 책상 위에 짤막한 메모를 남겨놓고 빔은 파출소를 나섰다.

　　아저씨, 잘 먹고 잘 쉬었다 갑니다.

　　내내 건강하세요^^

　　참, 하나 빠뜨렸는데요, 울 엄마 친엄마예요.

　　　　　　　　　　　　　　　　　— 무면허 할리 기사, 빔.

*

— 하이, 앨리스^^

카페에 접속하자마자 사공이 채팅을 요청해 왔다.

— 사공, 오랜만^^ 어떻게 된 거야, 그동안 얼마나 궁금했다고.

— 앨리스가 나한테 그렇게 관심 있는 줄은 몰랐는걸. ㅋ

— 내가 사공 팬인 거 몰랐어?

— 써프라이즈!

— 우린 사공이 완전히 이곳을 떠난 줄 알았잖아.

— 우리라니?

그 대목에서 앨리스는 잠시 주춤했다. 빔과의 일이 떠올라서였다.

─그야 우리 패밀리, 이 채팅방 사람들 말이지.

앨리스는 대충 둘러댔다.

─채팅방 사람들 많이 바뀌었남?

─그렇다고 정말 딴 동네 사람처럼 말하기야?

─ㅋㅋ 앨리스, 실은 나 사공 아니얌.

─그럼 누구……?

앨리스는 갑자기 긴장이 되었다.

─실은, 나, 패로디야. 사공 닉네임 잠깐 도용했어.

─어머, 패로디! 웬일이야?

앨리스는 놀랐다. 한때 채팅방 핵심 멤버였지만 대인공포 증상을 완전히 극복하고 학교로 복학했던 패로디가 웬일인가 싶었다.

─나 '컴백홈' 했어. 학교 때려치웠다고.

놀라운 멘트가 이어졌다.

─어, 패로디, 그랬구나…….

앨리스는 잠시 헷갈렸다. 패로디를 반겨야 하는 건지, 아닌지.

─인사도 없이 가서 미안. 그땐 다시는 이곳에 돌아오는 일 따위 없을 줄 알았는데.

앨리스는 가슴이 아팠다. 패로디가 얼마나 힘들어했을지 짐작이 갔다.

─학교가 아니라 완전 포로수용소더라고. 선생들은 나치, 애들

은 하나같이 나치 끄나풀 같애. 숨 막혀 죽는 줄 알았어.

— 저런 저런.

— 그나저나 다른 친구들 소식이나 좀 전해줘. 사공은 요즘 잘 안 나타나나 보지?

— 음, 한동안 사이버 상담 치료 받다가, 요즘은 오프라인 모임 하느라 바쁜가 봐. 접속도 잘 안 해.

— 나분열이라는 그 또라이는? 아직도 여기서 설치고 다녀?

— 여전하지 뭐.

— 그런 놈은 본때를 한번 보여줘야 정신 차리는데…….

— 그래도 유령처럼 떠도는 사람에 비하면 훨 낫지.

— 그리고 빔은?

— 빔이야 가장 생산적으로 칩거하는 친구잖아.

— 그놈도 좀 의심스러워. 이상한 영화 보면서 틀어박혀 있는 변태 아냐?

패로디는 이전보다 많이 거칠어졌고 의심도 부쩍 많아진 것 같았다.

이곳 식구들 모두 패로디를 보면서 희망을 가졌던 일이 떠올랐다. 앨리스 자신은 물론이고 사공도 빔도……. 사공이 사이버 상담 프로그램에 의욕을 드러냈던 것도, 지금처럼 오프라인 모임에 열성인 것도, 따지고 들면 패로디 일로 받은 자극이 컸다. 그랬던 패로디가 적응에 실패하고 다시 돌아오다니.

질주 폭주 탈주

꿈틀, 땅이 움직인다. 나무의 잔뿌리 혹은 거미줄처럼 미세한 균열이 땅속으로 번져간다. 지진…… 아니다. 금속성 굉음에 따르는 울림이다. 거대한 탱크 군단이라도 들이닥치는 것 같다. 전쟁……? 그건 더더욱 아니다. 공중전이 대세인 요즘 전쟁에서 탱크와 대포 같은 무기들이 흙먼지 일으키며 촌스럽게 등장하는 게 가당키나 한 일인가. 굉음과 땅의 진동이 점점 가까워 오지만 늘어진 몸은 뒤척일 낌새도 없다. 빔은 차고 단단한 바닥에 눌어붙은 심신을 깨워 일으키기 위해 안간힘을 쓴다. 하지만 몸은 바위에 짓눌린 듯 옴짝달싹 않는다. 다가들던 소리가 멎는가 싶더니 다시 두런거리는 말소리와 발소리가 가까워 온다.

"이야, 이 체인 좀 봐. 차력사도 아니고."

"젊은 친구 같은데, 어울리잖게 웬 할리데이비슨이람?"

"이런 취향의 젊은 애들도 있다니까."

"할리치고는 그래도 심하게 심플한 모델이네."

낯선 목소리가 번갈아 가며 쏟아졌다.

뻑뻑한 눈꺼풀을 간신히 밀어 올리자 소리의 정체가 드러났다. 노랗고 붉고 푸르고 시커먼, 둥그런 그 무엇이 빔을 내려다보고 있었다. 해골 문양이 그려진 헬멧, 이마에 두른 빨간 손수건, 개구리 얼룩 무늬의 밀리터리 룩, 라이더 재킷, 롱부츠, 반짝이는 은빛 오토바이 바퀴살……. 바이크족이었다.

체인을 걷어내며 빔은 간신히 자리를 털고 일어났다. 오후 2시. 해는 하늘 꼭대기에 올라앉아 있다. 빛에 온기가 담기기 시작할 때쯤 잠들었으니 시간으로 따져도 잘 만큼 잤다. 아침에 국도 변 야산을 지나면서였다. 노릇노릇해지기 시작하는 개나리 물결 위로 봄볕이 마취제 살포하듯 내려앉았다. 졸음이 쏟아졌다. 마침 쉴 만한 곳이 눈에 띄었다. 벤치 몇 개와 화장실까지 갖추고 있는 소박한 도로변 공원이었다. 숲 한쪽, 아름드리 소나무 아래 누군가 머물렀다 간 흔적이 보였다. 두꺼운 종이 상자가 겹겹이 깔린, 딱 한 사람 누울 정도의 잠자리였다. 거기다 소나무 그늘까지 살짝 드리워 노숙자를 위한 친환경 보금자리라 할 만 했다. 눕기만 하면 바로 곯아떨어질 것처럼 아늑해 보였다.

문제는 할리였다. 놈을 두고 두 다리 쭉 뻗고 자기는 어려웠다. 빔은 할리를 소나무 등치에 체인으로 몇 겹 감고 잠금장치를 해놓은 다음 자리에 누웠다. 그래도 안심이 되지 않았다. 가지고 있는 끈과 체인을 모두 꺼내 자신의 발목과 허리에 감아 할리와 연결해놓고야 잠들 수 있었다. 그런 모습이었으니 그들이 혀를 끌끌 차댈 만했다.

"어이 차력사, 이리 와서 같이 점심이나 먹지."

빔이 체인을 거둬내며 할리를 살펴보는 동안, 그들은 한쪽에 자리를 잡고 모여 앉았다. 이십 대에서 삼사십 대까지 다양한 연령층으로 이루어진 바이크 동호회 사람들이었다.

여러 사람이 챙겨 온 먹을거리가 한데 모이자 진수성찬이 따로 없었다. 피자 한 판에 치킨 두 마리, 샌드위치와 김밥, 놀랍게도 치즈케이크까지 갖춘 오찬이었다.

"이거 꼭 배달원들 번개 모임 같은데요."

누군가 푸짐하고 화려한 상차림을 빗대 한마디 했다.

"짱깨랑 가스 배달 빼고 다 모인 것 같네요."

"배달원 하니까 생각나는데, 지난번에 친구가 중고 바이크 사는 데 같이 좀 가달라고 해서 따라나선 적 있었거든요……."

사람들 눈길이 일제히 그쪽으로 쏠렸다.

빔은 먹는 데 온 정신이 팔려 있었다. 일찍부터 헤매 다닌 데다 아침도 거른 채 잠들었더니 눈뜨면서부터 허기가 몰려왔다.

"퀵서비스 하던 오토바이, 중고 시장에서 어떻게 구분하는지 아세요?"

"초보가 중고 시장에서 택배용 오토바이 사는 건 처녀가 할아버지와 결혼하는 거랑 같은 거라던데."

동호회 총무가 웃으며 한마디 보탰다.

"하기야, 그런 영업용은 엄청난 짐을 날라야 하는 데다 온종일 달려야 하기 때문에 일주일에 한 번씩은 오일을 갈아줘야 한다더라고요."

카페지기도 한마디 보탰다.

"바이크도 원래 출고 상태로는 못 쓰니까 손을 봐야 하는데, 이게 택배용인지 아닌지 구분해주는 결정적 단서라네요. 일단 탠덤 라이더용 스텝 부위를 자세히 살펴서, 여기에 다른 부착물이 붙어 있으면 80퍼센트는 택배용이래요."

"그거, 뒷바퀴 위쪽 프레임 보면 금방 알 수 있어요."

빔이 불쑥 끼어들었다.

"용접한 흔적이 있거나 프레임 뒷부분이 아래로 처져 있으면 틀림없어요. 원래대로는 못 쓰니까 쇠막대 같은 걸 붙여서 강성을 높이거든요."

그런 문제라면 누구보다 잘 알고 있다는 투였다.

"꼭 배달원 출신처럼 말하네."

누군가의 농 섞인 한마디였다.

사실에서 별로 빗나가지 않은 한마디에 빔은 그들과의 사이에 금이 그어지는 느낌이었다.

"우리가 얼마나 단순한 사람들인가 하면 말이야……."

옆에 앉은 총무가 빔에게 말을 건네 왔다.

"우리에겐 두 종류의 사람밖에 없어. 바이크족과 바이크족 아닌 사람."

그 말은 빔을 자신들과 동류의 사람으로 생각한다는 뜻이었다. 그렇다고 그들과 사이에 그어진 금이 사라지지는 않았다.

"우리 총무님은 바이크족 가운데서 또 나누시지. 튜닝 하는 사람과 하지 않는 사람."

카페지기가 끼어들었다.

튜닝 얘기가 나오자 다들 눈이 빛났다. 바이크족다웠다. 빔이 접수하고 이해할 수 있었던 건 택배용 오토바이에 관한 이야기가 전부였다. 그다음부터 그들이 주고받는 대화는 우리말인데도 도무지 무슨 말인지 알아들을 수 없었다.

"내가 운 좋게도 50년대산 할리데이비슨 캬브레터를 구했거든."

"하기야 요즘 바이크는 인젝션 방식이라 아메리칸 스타일 특유의 진동을 느끼기 힘들지. 근데 그걸 어쩌려고?"

"그걸 혼다 스티드 600 차대에 장착하려고."

"십 년도 더 전에 단종된 걸 구했단 말이야? 대단하다."

"그뿐인 줄 알아? 스프링거로 개조된 차대에다 콘로드와 실린더, 그리고 개스킷이 온전한 95년산 엔진까지 구입했지……."

빔의 관심은 그들이 타고 온 바이크에 가 있었다. 아홉 대의 바이크가 봄 햇살을 받으며 공원 마당 한가운데 나란히 서 있었다. 외양이 나름의 개성으로 빛나고 있었다. 투어용 바이크가 대부분인 그것들은 '서 있다'기보다 공원을 '점거하고 있다'는 표현이 어울릴 것 같았다. 금속성 광채를 눈부시게 내뿜는 그것들의 존재감은 그만큼 압도적이었다. 할리 못지않은 명품인 데다 튜닝으로 화려하고 개성 넘치는 모습이었다. 빔의 할리는 그들의 것과는 멀찍이 떨어진 곳, 소나무 아래 홀로 놓여 있었다. 그들 바이크와 비교하니 빔의 할리는 소박하고 단정해 보였다.

'여러 대의 모터사이클은 힘이지만 하나의 모터사이클은 자유다.'

바이크 관련 웹진에서 보았던 말이 떠올랐다. 자신의 할리와, 무리 지어 선 그들의 바이크를 번갈아 보고 있으니 그 말이 부쩍 실감 났다.

"빔이라고 했지?"

다가와 말을 건넨 사람은 놀랍게도 여자였다. 목소리가 아니었더라면 알아채지 못할 뻔했다. 그녀는 짧은 커트 머리에 검은 가죽 재킷과 꽉 끼는 가죽 바지를 빼입은, 여전사 타입이었다. 얼굴만 뺀다면 「툼 레이더」의 안젤리나 졸리를 떠올리게 하는 스타일이었다. 홍일점인 그녀의 이름은 김영주, 그래서 그들 사이에서 '공주님' 아닌 '영주님'으로 통했다.

"우리 카페 주소야. 한번 둘러보고 마음에 들면 회원 가입해."

그녀는 노란 포스트잇을 빔의 손등에 붙여주었다.

"우리 카페는 미성년자 안 받잖아."

카페지기가 눈을 흘기며 영주에게 말했다.

"예외 없는 규칙이 어딨어."

"이 친구, 그새 영주님 후광을 톡톡히 보네."

질투 어린 한마디가 사람들 관심을 빔에게 쏠리게 했다. 화제가 튜닝에서 순식간에 빔에게로 옮겨 갔다.

그들의 대화 방식은 쓰나미를 연상시켰다. 새로운 얘깃거리가 한번 나오면 그 문제에 관해 A에서 Z까지 샅샅이 훑고 나서야 다음 얘기로 넘어갔다. 빔에 관해서도 마찬가지였다. '왜 하필 할리데이비슨이지?'라는 물음에서 시작해 백문백답을 연상케 하는 두서없는 질문이 소나기 퍼붓듯 쏟아졌다. 낱낱의 물음에 답하다 보니 나중에는 빔이 집을 나서 이곳에 오기까지의 이야기가 퍼즐처럼 꿰맞춰졌다.

"그러니까, 면허도 없이 할리를 타고 나섰단 말이지. 거, 배짱 한번 좋다."

"여자친구 만나러 나선 여행이라잖아. 거봐, 행동의 모든 원천은 에로티시즘이라니까. 돈키호테처럼 늙어 영감탱이가 되어도 말이야."

"우리 모임도 알고 보면 다, 영주님 때문에 지속되는 거라고."

누군가의 농담에 사람들 시선이 한 번씩 영주에게 던져졌다.

"나, 홍일점 역할 잘하고 있지?"

영주가 빔에게 눈을 찡긋해 보이며 말했다.

"웬만하면 우리랑 동행하지그래?"

카페지기가 은근슬쩍 빔에게 관심을 보였다.

"계획대로라면 지금쯤 B시에 도착해 있어야 하는걸요."

빔은 그의 제안을 받아들이기 어려운 이유를 밝혔다.

"이리저리 흘러가다 보면 결국 목적지에 닿게 돼 있어."

영주가 말했다.

"여행은 사실 거기 이르기까지의 과정이 진짜라고 할 수 있는 거지."

카페지기 오른쪽에 앉은 사람도 한마디 보탰다.

"목적지 찍는 여행이 얼마나 공허한 줄 아냐."

이번에는 카페지기 왼쪽에 앉은 사람이 거들었다.

그들의 설득은 조직적이었다. 팀워크라도 이룬 듯한 그들의 말을 듣다 보니 빔도 조금씩 마음이 기울었다. 이참에 바이크족 기분이나 한번 내볼까, 싶었던 것이다.

영주는 어느새 자신의 바이크 앞으로 가 있었다. 전혀 튜닝을 하지 않은 그녀의 바이크는 깔끔하고 소박해 나름대로 돋보였다. 그녀는 크로스백에서 꺼낸 부드러운 면 수건으로 사이드미러를 정성껏 닦았다. 바이크 뒤쪽에 부착된 영주의 번호판은 행운의 숫자로 그득했다. 서울 강* 7777. 그것이 최고의 튜닝으로 보였다.

그래, 오늘만 이들과 함께하자.

빔은 행운의 숫자를 보면서 결정했다. 그들과 함께라면 색다른 경험을 해볼 수 있을 것 같았다.

"이제 슬슬 출발해볼까."

사람들이 하나둘 자리를 털고 일어나며 떠날 채비를 했다. 다들 헬멧을 쓰고 보호 장구를 철저하게 갖춘 뒤였다. 빔도 그 대열에 끼었다.

"내 뒤에 따라붙어."

영주는 여덟 번째로 나서며 빔을 자신의 바이크 바로 뒤에서 따라오도록 했다. 빔이 아홉 번째, 빔 뒤쪽 맨 마지막엔 카페지기가 따랐다. 빔은 영주 뒤에 따라붙었다. 7777. 자신을 행운의 세계로 이끌어줄 부적처럼 보였다.

다들 일정한 간격을 유지하며 달렸다. 열 대의 모터사이클이 도로 위에서 동시에 내뿜는 엔진 소리와 배기음은 엄청났다.

드드드드드 우웅—

소리만으로도 그것은 주위의 시선을 끌고 긴장시킬 만했다. 짜릿했다. 혼자 달릴 때는 주위 자동차들이 자신을 위협하는 것 같았으나 이제는 그 반대였다. 쪽수의 힘은 역시 놀라워. 빔은 내심 감탄했다. 여럿이서 같이 달리니 일단 마음이 안정되고 여유가 생겼다. 함께 대열을 이룬 바이크족들과 끈끈한 유대감도 생겨났다. 주변 자동차들은 때때로 그들 무리를 피해 길을 내주기도 했다. 길이 넓어지니 괜스레 우쭐해졌다. 이런 기분을 만끽하기 위해 단체 투어를 나서는 모양이었다. 집 나서고 처음 느끼는 유쾌한 질주였다.

그때였다. 빔 뒤에서 따라오던, 카페지기의 바이크가 추월을 시작했다. 영주와 빔 사이의 간격이 많이 벌어지자 그걸 메우기 위한 것으로 보였다. 아니면 질주 본능을 참기 어려웠는지도 몰랐다. 카페지기 바이크는 겉모습부터 특이했다. 노출형 프레임에다 바퀴는 꼭 경운기 바퀴처럼 크고, 촌스럽도록 거칠어 보이는 스타일이었다.

빔을 앞지른 카페지기는 앞서 가던 빨간 지프차 랜드로버를 추월하기 시작했다. 그러자 랜드로버 운전자가 엄청난 소리로 경적을 울려댔다. 카페지기는 차츰 속도를 늦추었다. 랜드로버에 다시 자리를 양보하기 위한 것처럼 보였다. 하지만 랜드로버 운전자는 곁을 스치는 카페지기에게 거침없는 욕설을 퍼부었다.

"야, 이 쒸발라먹을 수박쉐이크야!"

빨간 랜드로버는 그 정도로 성에 차지 않았는지 또 한 번의 경적 소리를 길게 울렸다. 전체 바이크족들의 질주에 제동을 거는 경고음이었다. 그러더니 랜드로버는 갑자기 엄청난 터보 엔진 소리를 내며 몇 대의 바이크를 추월해 달리기 시작했다. 그의 히스테리는 거기서도 그치지 않았다. 중간쯤 가더니 운전석 차창으로 팔뚝이 불쑥 올라왔다. 운전자는 가운뎃손가락을 위로 바짝 치켜세웠다. 한마디로 '엿 먹어라'였다. 뒤따르던 바이크족들이 그 광경을 놓칠 리 없었다. 곧바로 일어난 움직임으로 충분히 알 수 있었다.

나란히 달리던 바이크들이 갑자기 대열을 흩뜨리기 시작했다. 순식간의 일이었다. 추월해 달리던 빨간 랜드로버를 앞쪽의 바이크 몇 대가 추격하기 시작한 것이다. 놀라운 속도였다. 여러 대의 바이크가 속력을 높이면서 동시에 뿜어내는 엔진 소리와 배기음도 엄청났다. 랜드로버의 터보 엔진 소리와는 비교도 안 될 정도였다. 모두 아홉 대의 바이크가 빨간 랜드로버 주위로 일제히 모여들었다. 랜드로버를 추월한 두 대의 바이크가 앞에서 달리기 시작했고, 랜드로버 좌우 양쪽으로 두 대씩, 그 뒤로 나머지 바이크가 따랐다. 아홉 대의 바이크가 눈 깜짝할 새 단결해 보복을 시도한 것이다. 랜드로버의 굴욕이라 할 만했다. 숨 막히는 추격전에 이은 위협성 질주였다. 다른 자동차들은 그들 주변엔 얼씬도 하지 않았다. 3차선 도로는 어느새 빨간 랜드로버와 그것을 포위한 아홉 대의 바이크 차지였다. 빔은 맨 뒤에 처져 그 상황을 지켜볼 따름이었다. 보는 것만으로도 손에 땀이 나고 심장이 쪼그라들었다.

랜드로버는 당황하는 기색이 역력했다. 차선 변경도 못한 채 아홉 대의 바이크에 갇혀 꼼짝없이 끌려가듯 달렸다. 앞의 바이크가 속도를 늦추면 늦추는 대로 높이면 높이는 대로 맞추어야 했다. 마침내 신호등 있는 사거리가 나왔다. 녹색 불이 황색으로 바뀌자 바이크도 자동차도 멈출 수밖에 없었다. 랜드로버 앞에서 달리던 바이크는 이미 사거리를 지나가 버렸고 랜드로버는 엉거주춤 횡단보도에 걸쳐 서 있었다. 좌회전 신호가 켜지자 랜드로버는 2차선에 있던 차를 잽싸게 빼서 우회전했다. 3차선에서 우회전하던 자동차들이 놀라 엄청난 경적을 울려댔다. 아찔한 상황이었다. 빨간 랜드로버는 그 위험을 뚫고 터보 엔진 소리를 내며 혼비백산 달아나 버렸다. 숨 막히던 추격전은 그제야 막을 내렸다.

아홉 대의 바이크는 속도를 조절하며 서서히 처음의 대열을 정비했다. 그러고는 다시 정상적으로 달리기 시작했다. 아무 일도 없었다는 듯……

빔은 넋이 완전히 빠져나간 기분이었다. 불과 몇 분에 걸친 질주였건만 지옥에서의 한철 같은 시간이 흐른 듯했다. 그들은 출발 전같이 음식을 나눠 먹으며 너스레를 주고받았던 사람들 같지 않았다. 헬멧을 쓰고 바이크에 오르면서 완전히 다른 종족으로 변신했다. 질주가 시작되자 바이크족 본성이 거침없이 드러났다.

— 우리에겐 두 종류의 사람밖에 없어. 바이크족과 바이크족 아닌 사람.

그 말을 서늘하게 실감할 수 있었다. 공동의 적이 생기자 그들은 순식간에 하나가 되었다. 철저하게 단합된 힘을 보여주었다. 빨간 랜드로버가 허둥대며 달아나던 모습이 빔의 눈에 선했다. 처음엔 통쾌했다. 놈이 가운뎃손가락을 추켜올렸을 때는 빔도 확 들이받아 버리고 싶은 충동이 일 정도였으니까. 하지만 아홉 대의 바이크가 놈을 포위하고 위협하는 모습과, 그들에 둘러싸여 쩔쩔매는 랜드로버를 보면서는 생각이 달라졌다. 빔은 흥분을 완전히 가라앉히고 눈앞의 현실을 냉정하게 바라볼 수 있었다. 바이크족들의 난폭함이 눈에 보여 궁지에 몰린 랜드로버에게로 마음이 기울었다. 엄밀히 말해 사건의 발단은 카페지기 바이크가 추월하면서 빚어진 일이었다. 랜드로버의 잘못이 아니었던 것이다.

　—하나의 모터사이클은 자유지만 여러 대의 모터사이클은 위협이다.

　한때 미국에서 쏟아지는 비난을 받았던 바이크 갱단, 그 현장을 생생하게 체험한 것 같았다. 질주의 매력과 환상은 추격전으로 완전히 사라져버렸다.

　한 시간쯤 달렸을까. 예기치 않은 광경이 그들을 기다리고 있었다.

　"이야, 서해다!"

　"저 낙조 좀 봐!"

　해가 수평선 쪽으로 점점 가까워지고 있었다.

　노을이라는 자연의 거대한 필터를 통과한 세상은 온통 오렌지빛이었다. 가혹했던 질주 끝에 기다리고 있는 서해의 낙조는, 그 속에 쓰러져 안기고 싶도록 유혹적이었다. 하늘과 바다, 모래사장과 그 위에 우뚝 선 바이크의 은색 프레임, 사람들까지 온통 노을 빛에 젖었다. 할리는 황금 바이크로, 세상은 감미롭고 우아한 풍경으로 바뀌어 있었다. 낙조를 향해 선 그들 역시 이미 다른 모습으로 변해 있었다. 폭주족 같은 모습은 찾아볼 수 없었다. 자연을 찾아 나선 여행자, 그것이 카멜레온처럼 변신한 그들의 모습이었다.

바이크 열 대가 해안을 따라 늘어선 모습도 환상이었다. 카메라를 들이대자 그것들은 풍경 속의 황홀한 피사체로 살아났다. 노을 빛에 물든 매혹의 색조에 맞는 이름을 고민하다 빔은 '보헤미안 컬러'라는 말을 생각해냈다. 그 장면을 담고 나자, 자신도 언젠가는 이런 아릿한 감미로움과 동경이 넘치는 톤의 로드 무비를 만들고 싶다는 생각이, 막연하지만 강렬하게 솟구쳤다.

온로드 오프로드

　—안녕, 앨리스. 오랜만^^

　—하이, 빔. 어디야?

　—어딘지 맞혀보셈.

　—여행 나선 거 맞아? 이곳으로 오고 있다는 것도?

　—당근. 쪽지 날린 대로지. 첫날 밤은 파출소 신세 좀 졌고 오늘
은 서해가 바라보이는 근사한 펜션이야.

　—멋지다! 근데 파출소는 왜?

　—그럴 일이 있었어. 만나면 얘기해줄게.

　—로드 무비 찍으러 다니는 기분이겠구나.

　—사전 답사인 셈이지. 근데 열라 힘들어.

— 낯선 환경에서 부대끼니 오죽하겠어.

— 온통 낯선 사람에, 난생처음 부딪치는 일 투성이야. 벌거벗은 몸으로 자갈밭에 뛰어든 기분이라고나 할까.

— 헐~

— 신기한 건, 달리다 보면 피로가 풀린다는 것. 바람에 비타민C 성분 같은 게 있나 봐.

— 그런 상큼한 것과는 거리가 먼 소식 하나 전해줄까?

— 무슨?

— 패로디가 다시 돌아왔어.

— 저런, 패로디가 왜?

— 학교가 다시 싫어졌나 봐.

— 적응에 실패했단 말이잖아.

— 그런 셈이지.

— 건 그렇고 앨리스, 서해 앞바다 일몰 풍경 본 적 있어?

— 아니. 직접 본 적은 없는걸.

— 게시판에 사진 올려놓을 테니 아쉬운 대로 즐감하셈^^

— 아차, 약 먹을 시간이닷. 엄마가 부르네. 안녕, 빔~

— 어, 앨리스, 잠깐만……

앨리스가 갑자기 채팅방을 나가는 바람에 빔은 당황했다. 정작 중요한 얘기는 꺼내지도 못했다. 모레쯤 앨리스가 사는 도시에 도착할 거라고 알렸어야 했건만 이미 접속이 끊겨버린 것이다. 접속이 쉽지 않은 상황에서 벼르고 벼른 일이었다.

약 먹을 시간……. 채팅창에 떠 있는 앨리스의 마지막 말이 눈길을 끌었다. 병원에서 처방받아 온 약은 언제나 앨리스의 책상 서랍 맨 아래 칸에 속옷 빨래처럼 차곡차곡 쌓이는 걸로 알고 있었다. 자신의 증상에 관한 한 앨리스는 약도 의사도 믿지 않았다. 정기적으로 병원을 다니는 건 부모님을 안심시키기 위한 효도용이라고 했다. 시선공포가 갑자기 심해졌나? 하지만 채팅에서는 전혀 그런 낌새가 없었다. 농담까지 주고받은, 여느 때와 다름없는 채팅이었다.

어쩌면 앨리스가 말한 약은 다른 종류인지도 몰라.

빔은 스스로 타협했다.

문득, 집 생각이 났다. 다들 궁금해하며 빔의 소식을 애타게 기다리고 있을 게 분명했다.

— 보고 싶은 누나에게

메일 첫 줄을 쓰고 나니 정말 누나가 보고 싶었다. 같은 집에 살면서 얼굴도 잘 마주치지 않았건만.

— 우리의 새엄마께서도 잘 지내고 계시겠지.

농담처럼 한 줄 쓴 다음 빔은 파출소에서 있었던 박 경장의 에피소드를 설명으로 덧붙였다. 그런 다음 빔은 지금까지 거쳐온 행로와 앞으로의 계획을 대충 설명했다. 첫 안부 메일은 그렇게 완성

되어 보내졌다.

'별이 쏟아지는~♬ 해변으로 가요~♪ 해변으로 가요~'

마당에서는 통기타 반주에 맞춘 노랫소리가 울려 퍼졌다. 바닷가에서 으레 들을 수 있는, 해변용 국민 가요 십팔번. 회원들은 카페 정모로 3박 4일 서해안 투어에 나섰다고 했다. 그들 덕에 빔은 잠자리와 식사 문제를 해결할 수 있었지만 그들 속에 섞여 어울리고 싶은 생각은 없었다. 랜드로버 추격전 이후 정나미가 떨어져버린 것이다.

빔은 그들과 합석하는 대신 배정받은 방 컴퓨터 앞에 일찌감치 자리를 잡았다. 컴퓨터 모니터를 보는 순간 자신이 얼마나 '접속'에 굶주려 있었는지 깨달았다.

"신세대 아니랄까 봐, 이런 환상의 휴양지에 와서도 컴퓨터만 끼고 앉았냐."

카페지기가 방으로 들어서며 핀잔하듯 한마디 했다. 마당의 술자리가 파한 모양이었다.

"오늘은 이 방에서 우리 셋이 동침해야 해."

영주는 술과 안주가 든 종이 상자를 내려놓았다.

"미성년자, 너는 옆에서 안주발 세우며 술 시중 도우미 좀 해라."

카페지기가 빔에게 말했다.

그는 숯불에 구운 게 두 마리를 안주로 꺼내놓았다.

"너, 우리 만난 거 행운인 줄 알아. 이런 신선한 해산물을 산지에서 직접 먹고."

카페지기가 게 다리 하나를 떼어주며 생색을 냈다.

"딱 한 잔만 해."

영주는 종이컵에 맥주를 따라 빔에게 내밀었다.

"저, 미성년자인 거 아시죠."

빔이 내키지 않아 하며 말했다.

"우리가 알 게 뭐냐. 유흥업소 주인도 아니고."

카페지기는 그게 무슨 문제가 되냐는 투였다.

"딱 한 잔의 맥주, 그건 내 경험상 최고의 음료수야."

영주도 적극적으로 권했다.

빔은 일단 잔을 받아 앞에 내려놓았다.

영주와 카페지기는 친한 술친구처럼 잔을 주고받으며 이야기를 풀어놓았다. 그들의 대화를 통해 영주는 바이크 잡지 편집장, 카페지기는 국내 '오프로드' 바이크 일인자라는 게 밝혀졌다.

"일인자라는 건 그냥 내가 붙인 이름이지. 나만큼 오프로드 여행을 많이 하고 즐기는 사람을 본 적이 없으니까."

자부심 가득한 어조로 카페지기가 말했다. 그는 이 정모가 끝나는 대로 오프로드 여행에 나설 계획이라고 덧붙였다.

"그럼, 아까 그 추격전도 오프로드의 일종인가요?"

빔은 오는 길에 있었던 사건을 기어이 끄집어냈다.

예기치 않은 질문에 영주도 카페지기도 뜨악해하는 표정이었다. 지금껏 아무도 그 일에 관해 언급하지 않았던 것이다.

　"이 동호회 사람들 단결심 하나는 끝내주던데요."

　당돌한 어조로 빔이 말했다.

　"우리에겐 두 종류의 사람밖에 없다고 했잖아. 바이크족과 아닌 사람."

　카페지기가 우스개처럼 받았다.

　"바이크족 아닌 사람은 다 적이라는 말인가요?"

　빔이 공격적으로 물었다.

　"그런 뜻은 아니지……."

　"위험한 일이라 그래. 어떤 때는 목숨 내걸고 달리거든."

　영주의 설명이 덧붙여졌다.

　"아까도 정말 그렇던데요. 꼭 전쟁 치르듯……. 전우애 같은 건가요?"

　추격전을 생생하게 떠올리며 빔이 따지듯 물었다.

　"뭐 그 정도 가지고……."

　카페지기가 싱겁다는 듯 피식 웃음을 내뱉었다.

　"동료애 같은 거라고 할 수 있겠지."

　영주가 말했다.

　"사람들의 곱지 않은 시선이 더 그렇게 만들어. 핍박받는 자들의 결속력이니 남다를 수밖에."

카페지기가 마지못한 듯 한마디 보탰다.

"이 바닥에서는 그런 걸 핍박으로 여기나 보죠?"

여전히 비아냥이 묻어나는 투로 빔이 반문했다.

"야! 너 말하는 태도가 그게 뭐냐? 어린놈이!"

카페지기가 버럭 소리치며 제동을 걸고 나섰다.

싸늘하게 침묵이 감돌았다. 빔은 시선을 내리깐 채 컵을 만지작거렸고 영주 역시 난처한 듯 묵묵히 앉아 있었다.

"그깟 일 하나 소화 못하면서 뭔 바이크족이라고."

카페지기가 가소롭다는 듯 말했다.

"전 바이크족이라고 한 적 없어요. 그딴 거 되고 싶지도 않고요."

빔이 되받아쳤다.

"야, 너, 무슨 피해 의식 있는 것 같다."

카페지기가 빈정거리는 투로 말했다.

"그만해! 이 친구, 길 나선 거 처음이라잖아."

영주가 카페지기를 말렸다.

"길을 수백 번 나서도 잘못된 건 잘못된 거잖아요. 아까 그 일, 바이크족들 자질이 문제 아닌가요? 힘없는 사람 하나 놓고 쪽수로 밀어붙이는 거, 그거 쪽팔리는 일 아니에요?"

흥분한 나머지 빔은 거침없이 내뱉었다.

"이 새끼 점점, 보자 보자 하니까 영 싸가지네. 달리다 보면 그럴 수도 있지. 우리가 무슨 죽을죄라도 지었다는 거냐?"

카페지기가 빔을 쏘아보며 외쳤다.

"그럼 그 지프차 운전자는 죽을죄라도 지어서 그랬던 거예요?"

빔 역시 그의 눈을 똑바로 노려보며 말했다.

"자동차 탄 인간은 방탄복 입은 거나 다름없어. 맨땅에 헤딩하는 건 우리라고!"

"그러다 사고라도 나면 누가 책임질 건데요!"

"너한테 책임지라고 안 할 테니 걱정 마, 새끼야. 건방지게스리……"

카페지기는 자리를 박차고 나가 버렸다.

책임 같은 소리 하고 있네, 씨발. 사고 나면 완전히 끝장인 줄 모르나.

흥분한 빔이 혼잣말로 주절거렸다. 지난날 사고의 악몽이 떠올랐던 것이다. 응급실에서 엄마의 처참한 모습, 사고 뒤 있었던 일련의 후유증까지……. 어떤 상황이든 누가 누구를 대신해 책임진다는 건 가당찮은 일이다.

─ 내가 다 책임질 테니. 너희는 공부만 해.

사고 후 엄마가 입버릇처럼 내뱉던 말, 그것 역시 공염불에 지나지 않았다. 자식들은 하나같이 엄마 말을 따르지 않았고 결국 엄마도 책임질 수 없는 길을 택하지 않나. 호언장담하던 책임은 무책임으로 끝났을 뿐.

누나는 재수 생활 팔 개월 만에 입시를 포기했다. 취업을 하겠다고 나선 것이다.

— 아들놈한테 한번 당하고 나니, 면역이 단단히 됐나 보구나.

엄마는 누나의 폭탄선언에도 크게 놀라지 않았다. 충격을 받은 건 오히려 빔이었다. 누나만큼은 남들처럼 정상적인 길을 가주기 바랐던 것이다. 하지만 세 식구는 다들 제 갈 길로 갔다.

빔은 앞에 놓인 맥주를 쭉 들이켜버렸다. 짜릿한 맛이 목구멍을 타고 흘러들었다.

"미성년자, 한 잔만 더 하시지."

영주는 빔의 빈 잔에 맥주를 다시 채워주었다.

"너 이거 마시면 미성년자 아냐, 이제 아저씨야."

한물간 개그 흉내를 내며 영주는 잔을 빔 앞에 놓아주었다.

"카페지기 그 친구, 원래 오프로드 전문이라 그래. 닦인 길에 적응이 안 돼서."

영주는 이해를 구하듯 한마디 하고는 잔을 들어 쭉 들이켰다.

어느새 카페지기가 다시 들어와 앉았다. 그의 몸에서 짙은 담배 냄새가 물씬 났다.

"정모라 어쩔 수 없이 따라나서긴 했지만, 사실 난 온로드 별로야."

그가 자기 잔을 직접 채우며 말했다. 단숨에 잔을 비우고 난 카페지기는 한마디 더 덧붙였다.

"남들 다 가는 길, 뭔 재미로 가."

"그래서 아까 사고 친 거였어?"

영주가 농담조로 받아쳤다.

"에이, 영주님까지 왜 그러셔."

카페지기가 눈을 흘겼다.

"이 친구, 병원에 입원한 것만 열 번, 깁스 경험은 다섯 번이야."

영주가 빔에게 설명했다.

그의 오른쪽 팔꿈치 관절은 비정상적으로 튀어나왔고 왼쪽 다리 무릎 근처에는 수술 자국이 있었다. 자세히 보니 몸 여기저기가 흉터투성이였다. 그에겐 하나같이 영광의 상처로 보이는 그것에 얽힌 이야기들이 그때부터 한동안 모험담처럼 흘러나왔다. 상처마다 이야기가 담겨 있었던 것이다. 그의 몸은 오프로드 기억의 흔적이었다.

"온로드에서 하는 건 기껏 질주 아니면 폭주 아냐. 하지만 오프로드는 '탈주'라고. 근본적으로 달라."

그에 의하면 오프로드는 스스로 '길을 만들어가는' 여행이었다. 힘든 건 기본이고 문제 해결을 위해 애쓰다 보면 거칠어지기도 한다는 것, 그것 또한 오프로드의 매력이라는 게 그의 주장이었다.

"하지만 더럽게 외로워. 늘 혼자니……."

술을 따르는 그의 오른손이 미세하게 떨리는 게 보였다.

"이참에 그냥 온로드로 돌아서지그래. 이렇게 어울려 술도 마실 수 있고 얼마나 좋아."

영주의 권유에 그는 너털웃음만 지었다.

"미성년자, 넌 오프로드 해볼 생각 없냐? 성질 까칠한 거 보니 적성에 좀 맞을 거 같은데."

카페지기가 빔에게 농처럼 던졌다.

빔은 냉소 어린 표정으로 고개를 저었다. 오프로드는커녕 이젠 대열을 이루어 달리는 것조차 내키지 않았다.

실망하는 카페지기의 표정을 보며 빔은 한마디 덧붙였다.

"오프로드 그거, 하더라도 난 길바닥에서 하지는 않을 거예요."

*

흠칫 놀라며 빔은 잠에서 깨어났다. 눈을 뜨니 다행히 날이 밝기 전이었다. 몇 잔 마신 맥주 탓인지 머리가 지끈거렸다. 몸도 찌뿌둥했지만 더 누워 있을 수는 없었다. 몸을 일으키자 제일 먼저 눈에 띈 건 자신의 엉덩이에 걸쳐진 허연 맨다리였다. 종아리와 허벅지에 크고 작은 흉터가 훈장처럼 자리 잡고 있는, 오프로드 바이크 일인자 카페지기의 다리였다. 러닝과 반바지 차림의 그는 새우처럼 몸을 구부리고 빔 바로 뒤에 붙어서 잠들어 있었다. 열 번의 입원, 다섯 번의 깁스 경험이 있다는 그의 몸은 여느 사람과 크게 다르지도 않았다. 군살 하나 없다는 점만 빼고는 그저 보통 체구의 남자였다.

영주는 멀찍이 떨어진 곳에서 혼자 이불을 둘둘 감고 잠들어 있었다. 둘 다 취해 곯아떨어진 채였다.

— 이렇게 과음하고 내일 여행할 수 있어요?

전날 술자리에서 빔이 그들에게 물었을 때 그들은 자신 있는 목소리로 말했다.

— 우린 아무 상관 없어. 바람이 숙취를 싹 날려 보내주거든.

빔은 짐을 챙겨 들고 조용히 방에서 빠져나왔다. 건물 밖으로 나서자 차가운 새벽 공기가 달려들었다. 건물 앞쪽 테라스처럼 덧대진 나무 데크에 잠시 걸터앉았다. 잠기운을 털어내고 두통을 가라앉히기 위해서였다. 새벽하늘이 서늘하도록 푸르렀다. 어둠에 익숙해지자 지난밤의 술자리 흔적이 차츰 윤곽을 드러냈다. 캠프파이어를 위해 타올랐을 숯 더미, 그 주변을 둥글게 에워싸고 있는 앉은뱅이 의자들, 여기저기 굴러다니는 빈 캔과 술병 들이, 흥겨웠을 지난밤과 파티가 끝난 뒤의 쓸쓸함을 대비시켜 보여주었다.

잔디에 맺힌 이슬이 발에 채는 걸 느끼면서 빔은 마당을 가로질러 갔다. 중간쯤 가다 흘끗 뒤를 돌아다보았다. 푸르스름한 새벽하늘을 머리에 인 하얀 목조 펜션 건물이 어스름 속에 서 있었다. 자르르 전율이 일었다. 빔은 한동안 그 자리에서 꼼짝도 할 수 없었다. 등에서 식은땀이 흘렀고 다리가 후들거렸다. 고개를 돌리는 순간, 그는 놀라 뒤로 주저앉을 뻔했다. 번들거리는 눈동자가 빤히 자신을 쳐다보고 있었던 것이다. 고양이였다. 네발과 꼬리 끝 부분만 하얀 털이 나 있는 검은 고양이. 놈은 탁자 위의 남은 음식을 훔쳐 먹던 중이었다. 빔과 눈이 마주친 놈은 슬그머니 꼬리를 내리고 훌쩍 바닥으로 뛰어내렸다. 착지하는 몸짓이 날렵하고 부드러웠다. 놈은 교태롭게 꼬리를 치켜세운 채 유유히 마당 한쪽 구석으로 사라졌다.

빔은 후들거리는 걸음으로 마당을 가로질러 간신히 건너편 컨테이너 창고에 닿았다. 창고 문을 열고 들어서자 마음이 좀 가라앉았다. 입구에 열 대의 바이크가 나란히 서서 그를 맞았다. 녹슨 농기계와 폐자재로 그득한 창고에서 그것들은 휘황하게 빛났다. 그중에서 빔은 자신의 할리와 영주의 바이크를 쉽게 찾아냈다.

드디어 내 바이크도 튜닝이란 걸 해보는군. 빔은 영주의 바이크 앞에 섰다. 서울 강* 7777. 행운의 숫자로 꽉 찬 번호판을 보자 가슴이 뿌듯했다. 그 마법의 숫자가 빔의 마음을 결정적으로 움직였다. 빔은 나사를 돌려 번호판을 떼어냈다. 얇고 단단한 직사각의 금속판이 손으로 미끄러져 들어오자 짜릿한 흥분이 느껴졌다. 빔은 행운의 번호판을 할리에 부착했다. 멋진 튜닝이었다. 할리에게 날개를 달아준 것이다. 영주라면 이해해줄 테지. 빔은 스스로 위안했다.

— 영주님, 번호판 좀 빌려 가요. 서울 가서 돌려드릴게요.

양해가 담긴 메모를 영주의 바이크에 붙여놓고 몸을 일으켰다. 그때, 줄지어 선 아홉 대 바이크의 화려한 외양이 빔의 눈에 들어왔다. 그것들은 창고의 녹슨 농기계들과 비교되어 더더욱 눈이 부셨다. 전날의 추격전이 되살아났다. 그들 바이크는 당당함을 넘어 여전히 위협적으로 보였다. 빔은 그들의 질주에 제동을 걸고 싶었다. 난데없는 정의감에다 노파심까지 발동했다.

빔은 바이크 번호판을 하나하나 떼어내기 시작했다. 난폭한 야생동물 이빨이라도 뽑는 기분이었다. 번호판 없는 바이크로 폭주는 꿈도 못 꿀 것이다. 다 떼어낸 번호판을 챙긴 빔은 할리와 함께 서둘러 그곳을 빠져나왔다.

펜션을 벗어난 빔은 정신없이 내달렸다. 번호판을 잃은 아홉 대의 바이크가 단숨에 의기투합해 뒤쫓아 올 것만 같았다. 애가 타고 진땀이 났다. 미러에 연신 눈길을 주었으나 거기엔 이른 아침의 푸른 하늘만 무심히 담겨 있었다. 충분히 안정권에 접어들었다고 생각되는 곳에서 빔은 속도를 늦추었다.

새로 난 듯한 시골 도로는 자전거 한 대 보이지 않았다. 텅 빈 도로가 빔 자신의 전용도로처럼 눈앞에 펼쳐져 있었다. 탈출의 기쁨에 젖어 빔은 빈 도로를 기분 내키는 대로 달렸다. 빠르게 달리다 다시 천천히 달리다 또 그 반대로 달리면서 속도의 변화를 온몸으로 느꼈다. 빔은 자신이 확실히 폭주족 체질이 아님을 알 수 있었다. 속도가 느릴수록 달리는 느낌이 더 좋았던 것이다. 풍경도 눈에 잘 들어왔고 바람의 결도 생생하게 살아났다.

　문득, 멀리서 굉음이 들려왔다. 빔은 놀란 눈으로 미러를 들여다보았다. 덮쳐올 듯 난폭한 굉음의 주범은 대형 화물차였다. 소리는 금세 가까워졌다. 빔은 할리를 급히 길가 쪽으로 붙였다. 무시무시한 괴물 같은 트럭이 엄청난 바람과 진동을 일으키며 다가오더니 이내 지나갔다. 토네이도라도 휘몰아치고 가듯 귀가 먹먹하고 먼지바람과 매연이 빔을 휩쌌다. 도로에서 만나는 이런 트럭의 존재는 위협 그 자체였다. 빔은 트럭과 빨리 멀어지기 위해 할리를 멈추었다. 트럭 뒤꽁무니가 소실점처럼 멀어져가는 게 보였다. 온 세상에 평화가 다시 찾아드는 느낌이었다. 주위는 '음소거'라도 한 듯 고요해졌고 빔은 다시 여행 모드로 돌아왔다.

　여행도 역시 영화 감상처럼 혼자 하는 게 제맛이야.

　빔은 혼잣말로 중얼거렸다.

할리와 청바지

— 하이, 앨리스.

접속하자마자 패로디가 채팅을 요청했다.

패로디는 돌아온 날부터 카페 '죽순이'가 돼 있었다. 변화는 그 것만이 아니었다.

— 수학 문제 때문이었다고.

속내를 잘 내비치지 않던 패로디가 자신이 돌아오게 된 사연을 털어놓기 시작한 것이다. 앨리스로서는 누군가의 사연을 듣는다 는 일이 반갑고도 두려웠다.

담임인 수학 선생 시간에 있었던 일이라고 했다. 모의고사에서 반 평균 점수를 많이 까먹은 아이들이 세 명씩 교단에 불려 올라가 문제를 풀어야 했다는 것.

　─담임 말로는 '구구단보다 쉬운 문제'들이라나. 진짜 그런 거야. 자존심 팍 구겨지는 거 있지. 난 이전까지만 해도 수학을 웬만큼 하는 축에 속했거든. 단지 그 모의고사에 대한 준비가 돼 있지 않았을 뿐이었다고.

　패로디는 문제를 보는 순간, 담임의 의도를 알아챌 수 있었다. 그것은 반 평균 점수를 깎아먹은 아이들에게 가하는 일종의 심리적 체벌에 다름 아니라는 걸.

　─담임과 아이들의 원망 어린 시선이 내 손끝으로 일제히 쏠리는 거 있지. 머릿속에 허연 분필 가루만 날리더라고. 다른 애들은 문제 풀고 다들 내려갔는데, 나만 칠판에 그대로 붙어 있었어.

　'너, 지금 반항하는 거냐!' 담임의 일침에도 패로디는 여전히 분필 든 손가락을 까딱할 수 없었다고 했다. 숨 막히는 침묵, 급기야 웅성거리는 아이들 소리…….. 패로디는 머리가 지끈거리고 속이 울렁거렸다.

　'내려와!' 담임의 외침이 들렸고 그 한마디가 마법을 푸는 주문이라도 된 듯 패로디는 간신히 움직일 수 있었다. 몸속 장기도 그제야 움직이기 시작했는지, 울컥 구토가 솟구쳤다. 역류의 힘은 엄청났다. 그날 패로디가 먹었던 점심이 단숨에 토사물로 변해 쏟아졌던 것이다. 위액의 시큼하고 쌉쌀한 맛을 혀끝으로 느끼며 패로디는 천천히 교단을 내려왔다.

— 내 자린 이미 거기 없는 거야. 그래서 난 교실을 가로질러 곧장 집으로 와버렸지. 대형 콤비네이션 피자 한 판을 담임과 반 친구들에게 마지막 선물로 남겨놓고.

앨리스는 그 심정을 누구보다 잘 이해할 수 있었다.

— 그 눈빛들, 정말 싫어. 조롱과 경멸, 아니면 동정과 안쓰러움이 담긴 눈빛. 내겐 모두 다 똑같이 끔찍해.

패러디에게 영원한 꼬리표로 달라붙을 초대형 토사물 위로 쏟아졌을 무수한 시선이 떠올랐다. 앨리스는 자신의 경우였어도 다시 학교로 돌아가는 건 불가능할 것 같았다. 누구에게나 돌이키기 힘든, 그런 치명적 시선이 있게 마련이다. 그건 다수의 시선일 수도 있고 우연히 마주친 단 한 사람의 또렷하고도 서늘한 눈빛일 수도 있다. 앨리스에겐 그랬다.

— 난 그때 일 뒤로 피자의 '피' 자만 들어도 속이 확 뒤집어지는 느낌이야.

패러디가 말했다.

— 저런, 맛있는 메뉴 하나 놓쳤네.

— 미련 없어. 근데, 앨리스는 오늘 뭐 했어?

— 엄마랑 백화점 갔다 왔어.

— 그럼, 병원 간 게 아니라 쇼핑 외출이었던 거야?

— 응.

— 대단해. 외출도 다 하고……. 뭐 좀 건졌어?

―봄 잠바.

―어떤 건데?

―파스텔톤 하늘색 면 잠바.

―맘에 들어?

―나쁘진 않아.

―대답 한번 시큰둥하다. 맘에 든단 얘기야, 안 든단 얘기야?

―울 엄마 입김이 더 많이 작용했거든.

―쓸데없이 궁금해지네. 내가 함 봐줄까?

―뭘……?

―새 옷이 앨리스 너한테 잘 어울리는지.

―만나자는 얘기야, 우리?

―빙고!

급작스러운 제안에 앨리스는 얼떨떨했다.

―채팅방 죽순이가 웬일이야.

―안 그러면 그 하늘색 잠바 영영 빛을 못 볼 거 아냐.

―잠바 걱정이로군.

―그 잠바 운명에 너와 나의 인연이 덤으로 얽혀 있는 셈이지.

―나쁘지 않은데……. 진심이지, 패로디?

―이 기회에 한번 만나는 거지 뭐. 같은 지역 주민끼리.

―언제, 어디서 볼까……?

―내일. 장소는 네가 정해. 난 피자 가게만 아니면 어디든 상관

없어.

― 좋았어, 접수!

앨리스로서도 좋은 기회였다. 지금까지의 적응 훈련을 점검해
볼 수 있는.

*

단단한 화강석 성벽으로 둘러진 산성은 굽이돌아 흐르는 강을
발밑에 두고 언덕에 우뚝 자리하고 있었다. 난생처음 와보는 곳이
었다. 인터넷 검색을 해보았더니 둘러볼 만한 곳 일순위로 이곳
이 나와 있었다. 백제의 옛 도읍지였던 이 K시의 손꼽히는 유적
지…… 눈도장이나 한번 찍고 가자는 생각에 들렀던 곳을 하루 만
에 다시 찾게 된 것이다. 꿉꿉한 청바지 말리며 잠시 눈 붙이고 가
기에 딱 맞았다.

쳇, 바람도 공평치 않잖아.

빔은 투덜거리며 할리 손잡이에 걸쳐놓았던 청바지를 이리저리
만져보았다. 같은 바지인데도 양쪽 바짓가랑이의 마른 정도가 제
각각이었다. 엉덩이 부분은 더 눅눅했다. 황토 가마 앞에 두어 시
간 걸쳐두었으니 망정이지 그러지 않았더라면 축축할 뻔했다. 바
지를 뒤적일 때마다 샴푸 향이 솔솔 풍겨났다. 묵직한 한방 샴푸

냄새도 났고 상큼한 꽃향기도 났다. 찜질방 샤워실에 굴러다니는, 쓰고 남은 일회용 샴푸를 죄다 모았더니 머리 감고 빨래하는 데 충분했다. 알뜰 주부라도 된 기분이었다. 길 위에서 의식주를 해결한다는 건, 매번 배역을 바꿔야 하는 보조 출연자 같은 면이 있었다. 주부 또는 노숙자, 때론 찍사, 심지어는 좀도둑 역할까지 해내야 했다. 덜 마른 빨래를 챙겨 들고 빔이 일찌감치 찜질방을 나설 수밖에 없었던 건 빌어먹을 악몽 때문이었다. 잠만 들면 쫓기는 꿈을 꾸었다. 번번이 소리 지르며 깨어나는 바람에 주위 사람들 눈총이 심했다. 다시 잠들어도 마찬가지였다. 개중에는 자리에서 일어나 베개와 수건을 주섬주섬 챙겨 들고 아예 딴 곳으로 옮겨 가는 사람도 있었다. 빔은 잠을 포기할 수밖에 없었다.

전날도 빔은 이곳 벤치에 누워 한참이나 성벽을 올려보다 돌아섰다. 안으로는 들어갈 수 없었다. 할리 때문이었다.

— 이륜차도 주차장에 세워둬야 합니다.

매표소 직원이 말했다.

할리를 주차장에 세워두다니. 빔으로서는 상상조차 할 수 없는 일이었다. 입장료까지 걸림돌이 되어 성안을 둘러보는 건 포기해야 했다.

성벽 위로 정오의 햇볕이 폭포처럼 쏟아져 내리고 있다. 청바지를 저 성벽 위에 걸쳐놓았더라면, 싶었다. 눈부신 햇빛이 그냥 흘려보내는 수돗물처럼 아까웠다. 화강석이 조밀하게 맞물리며 쌓인 성벽은 높고 단단해 그 안으로 들어가 볼 엄두가 나지 않게 만들었다. 전날, 찜질방을 들어설 때도 그랬다. 할리와 함께 그곳을 통과하기란 여간 힘든 일이 아니었다.

"아 글씨, 자물쇠 채워서 지하 차고에 세워두면 된다니까. CCTV도 있는데 뭘."

찜질방 주인은 어림없다는 투였다. 빔이 할리를 입구 계산대 바로 옆에 세워둘 것을 청했을 때였다.

"아저씨, 실은 이게 우리 집 전 재산이거든요. 집을 통째로 들고 나온 거나 다름없어요."

빔이 애원하며 매달리자 주인은 입씨름도 지쳤다는 듯 물러나 앉았다.

주인이 계산대 안쪽 의자를 빼내자 빔의 할리가 그 자리를 비집고 들었다. 그러고도 안심이 안 되어 빔은 체인으로 앞뒤 바퀴를 몇 겹이나 감은 다음, 계산대 책상 다리와 의자에까지 연결해놓고 자물쇠를 채웠다.

"찜질방 십오 년에 남의 집 지키고 앉은 일은 또 처음일세."

카운터 한쪽 옆으로 비켜 앉은 주인은 영락없이 할리를 지키고 앉은 사람으로 보였다.

그제야 빔은 찜질방으로 들어갈 수 있었다. 쌓인 피로에 쓰러지기 일보직전이었다. 뜨거운 탕 속에 몸부터 푹 담그고 싶었으나 빔은 컴퓨터방부터 찾아들었다. 접속이 더 급했던 것이다.

서둘러 카페에 들어갔더니 앨리스는 이미 접속을 끊고 나간 뒤였다. 평소 접속 시간보다 한 시간 늦었다. 빔은 혹시나 하는 마음으로 자정까지 접속해 있었다. 하지만 앨리스는 다시 나타나지 않았다. 대신 누나의 답장을 받았다. '사랑하는 동생에게'라는 첫 줄을 빼면 내용이 딱 한 줄이었다.

— 집 걱정은 잊고 맘껏 여행하셈.

난생처음 집 나간 동생에게 하는 누나의 답신 같지 않았다. '쿨'한 정도가 심하다 못해 찬바람이 쌔앵 스쳤다. 동생이 집 나간 걸 후련해하는 것 같은 분위기였다. 그동안 연락을 못 해 엄마와 누나가 애태우고 있을 줄 알았건만……. 전화라도 자주 하라고 신신당부하면, 못 이긴 척 수신자 부담으로 전화를 걸어 그때그때 필요한 것을 요구할 생각이었다. 하지만 미리 마신 김칫국에 지나지 않았다. 김칫국의 뒷맛이 씁쓸하기까지 했다. 그렇다고 답신을 안 보낼 수도 없었다.

자칫 잘못하다가 울타리 속으로 다시 못 들어갈지도 몰라. 빔은 간단한 안부와 그날 K시를 돌며 담은 사진 몇 컷을 첨부 파일로 같이 보냈다. 그렇게라도 자신의 존재를 일깨워 놓아야 할 것 같았다. 집 나오니 가족까지 관리 대상이네. 빔은 답신을 보내며 생각했다. 여행이란 게 안팎으로 신경 써야 할 일이 한두 가지가 아니었다.

빔은 찜질방에서도 새벽녘에야 겨우 잠들 수 있었다. 답신 보내고, 카페 게시판에 사진 올리고 하느라 시간이 훌쩍 지나가 버렸던 것이다. 더욱이 악몽에 시달리느라 잠도 편히 잘 수 없었다. 눈만 감으면 뭔가에 쫓기는 꿈을 꾸었다. 빨간 지프차가 뒤쫓아 오기도 하고 여러 대의 바이크가 추격해 오기도 했다. 쫓아오던 자동차나 바이크가 전복되고 나둥그러지는 장면이 꼬리를 물고 이어졌다. 나중에는 자동차 바퀴와 뼈대만 남은 바이크가 쫓아오기도 했다. 그건 머리통이나 팔다리가 떨어져 나간 시체가 쫓아오는 것처럼 섬뜩했다. 번번이 가위눌리며 깨어나다 보니 잠으로 피곤이 풀리기는커녕 피로감만 더했다. 벤치에 앉자마자 눈꺼풀이 스르르 감긴 것도 당연했다. 앉은 채 그대로 곯아떨어졌던 것이다.

깨어났을 때는 언덕 위에 우뚝 솟아 있는 성문부터 눈에 들어왔다. 그 양쪽으로 성벽이 언덕을 따라 부드럽고 힘 있게 흘러내렸다. 할리에 걸쳐놓았던 청바지도 감쪽같이 말라 있었다.

이렇게 성벽만 바라보다 갈 수야 없지. 빔은 벤치에서 몸을 일으키고 카메라를 꺼냈다. 할리 위에 걸쳐 있는 청바지를 한 컷 담았다. 성문과 성곽을 배경으로 할리와 청바지를 잡으니 근사한 광고 사진이 되었다. 할리 광고인지 명품 청바지 광고인지 헛갈리긴 했지만. 이리저리 앵글을 잡으면서 빔은 지금 자신이 있는 곳이 사진 담기에 가장 좋은 위치임을 깨달았다. 완강하고 도도해 보이는 성벽과 화려한 단청을 받치고 선 성문을 지금 자신이 있는 자리만큼 잘 잡아내기는 어려워 보였다. 낮은 위치와 적당한 거리, 그 두 가지가 핵심이었다.

　낱낱의 장면을 담고 나니 성안으로 못 들어간 데 대한 미련이
싹 가셨다. 역시 사진으로 담아내는 게 중요했다. 게시판에서 그것
은 '보는 것이 믿는 것'의 힘을 그대로 발휘했다.

접속, 그리고 약속

"바이크요? 그러죠 뭐."

파란 모자 알바생은 의외로 단순 명쾌했다. 퉁명스럽고 껄렁해 보이는 첫인상과는 달랐다. 캡 모자 푹 눌러쓰고 모니터 속으로 빨려 들어갈 것처럼 앉아 있던 녀석은 하던 프로그램을 종료하고 선뜻 자리에서 일어났다. 모자챙을 뒤로 휙 돌려 쓰고는 앞장서서 계단을 올라갔다. 걸음걸이가 수목원 고라니처럼 경쾌해 보였다.

"이야, 이거 진짜 형 거예요?"

'두리 피시방' 녹슨 입간판 옆에 선 파란 모자는 할리를 보더니 믿기지 않는다는 표정이었다. 모자챙을 돌려 쓴 녀석의 얼굴이 햇빛 아래 환하게 보였다. 피부가 희고 이목구비가 또렷한 호감형이었다. 여자애들깨나 따를 법한 마스크였지만 결정적으로 눈이 사시였다. 왼쪽 눈동자가 초점이 맞지 않았다.

"내 스쿠터는 꼭 백마 옆에 선 늙은 당나귀 같네."

녀석의 것으로 보이는 낡은 스쿠터 하나가 벽에 기대 있었다.

"야, 너, 이리 좀 와봐."

파란 모자는 피시방 입구로 들어서는 덩치 큰 녀석 하나를 불러 세웠다.

"이거, 같이 좀 옮기자."

얼떨결에 가세한 덩치와 함께 셋이서 할리를 옮기는 작업에 나섰다.

"내가 뒤에서 들 테니 형은 이 친구랑 앞에서 잡고 내가 시키는 대로 해요."

파란 모자는 이런 일이라면 자신 있다는 투였다. 그는 뒤에서 힘과 방향을 조절하면서 앞에 있는 빔에게 방법을 일일이 구체적으로 알려주었다. 지하 계단으로 할리를 옮기는 일은 여간 진땀 나는 일이 아니었다. 꽤나 요령이 필요했다. 파란 모자의 역할이 컸다. 작고 마른 체구였지만 녀석은 힘도 제법 쓰는 데다 순발력도 뛰어났다. 녀석 덕에 할리는 생각보다 수월하게 피시방 안으로 옮겨졌다.

"피시방 때깔이 확 살아나네요."

파란 모자의 표정이 더 환하게 살아났다. 명품 바이크를 자신의 옆자리에 두게 된 걸 엄청난 행운으로 여기는 듯했다. 그때부터 녀석은 자신이 피시방 알바생이라는 사실을 까맣게 잊은 듯 온통 바이크에만 관심이 쏠려 있었다.

"잘 좀 부탁해."

파란 모자에게 할리의 안전을 맡기고 나니 빔은 족쇄에서 풀려난 기분이었다. 녀석이 잘 돌봐줄 것 같았다. 껄렁해 보이던 첫인상과는 달리 꼼꼼하고 야무진 놈이라는 걸 할리를 옮기면서 알 수 있었다.

"피시방 알바, 아무나 하는 줄 알아요."

빔의 칭찬에 녀석은 우쭐해하며 한마디 했다.

빔은 냉장고에서 청량음료부터 하나 꺼내 마셨다. 갈증을 달래고 나니 배 속이 요란하게 아우성쳤다. 진열대에 놓인 컵라면과 주전부리 등이 빔의 눈길을 끌었다. 식당에서 밥 먹는 것도 포기하고 일찌감치 피시방을 찾아든 건 여비를 아끼기 위해서였다. 할리가 그렇게 기름을 많이 잡아먹을 줄 몰랐다. 기름 넣는 내내 주유소 알바생 시선이 할리에 들러붙어 있었던 반면 빔의 눈길은 '리터당 1,760원'이라는 기름값에 붙들려 있었다. 그 터무니없는 숫자를 바라보면서 빔은 기름 잡아먹는 할리와 함께 일찌감치 피시방이나 들어가자고 마음먹었다. 지치기도 했고 오늘만큼은 앨리스와의 접속을 놓치면 안 되었기 때문이다. 무슨 일이 있어도 내일은 앨리스가 사는 도시로 넘어갈 생각이었다.

컵라면과 삼각김밥으로 대충 끼니를 때운 빔은 구석 자리를 찾아 앉았다. 피시방은 전체적으로 어두운 조명이라 차분해 보였으며 여러 컴퓨터가 동시에 내는 소음과 탁한 공기가 거슬리긴 했어도 그럭저럭 아늑한 기분이 들었다. 빔은 등받이 높은 의자에 몸을 푹 파묻었다. '컴백홈' 기분이 물씬 났다.

두고 온 집이 떠올랐다. 주인 없이 썰렁하게 남아 있을 집 안 구석구석이 또렷이 그려졌다. 상영 중인 극장 내부처럼 어둑한 빔의 방, 집 안에서 가장 먼저 빛이 들어오기 시작하는 주방, 하루 치 먹을거리가 늘 차려져 있던 식탁, 텅 빈 거실…… 엄마의 변신에 힘입어 생활이 안정을 찾아가던 시절의 일들이 파노라마처럼 스쳤다. 집을 나와 있으니 집이 잘 보였다. 그 틈새와 균열까지도.

컴퓨터를 부팅했다. 집 떠나와서도 칩거 분위기에 젖을 수 있다는 사실이 신기했다. 멋진 영화 한 편만 있어준다면 완벽한 조건이 될 것 같았다. 영화 관련 웹진을 뒤진 끝에 빔은 적당한 작품을 하나 찾아냈다. 지금 자신이 처한 상황과 잘 맞아떨어지는 로드 무비 「낮술」. 백수처럼 보이는 청년이 혼자 강원도에 떨어져 서울로 돌아오지도 못하고, 우연찮은 일에 얽혀 들어 어정쩡하게 여행을 해나가는 내용이었다. 독립영화의 맛을 골고루 갖추고 있는 영화였다. 음질, 화질, 배우들 연기, 편집은 물론, 이어지는 사건들까지 관객의 기대를 보란 듯이 저버리는, 엉성하고 어설프고 도무지 예측이 불가능해 보는 이를 심히 불편하게 하는, 신선한 문제작이었다. 군데군데 도사리고 있는 생뚱맞은 장면들이 초콜릿바 속의 아몬드 조각 같았다. 처음엔 이물감이 느껴지지만 씹을수록 고소한 맛이 나는. 낭만적인 데라곤 눈을 씻고도 찾아볼 수 없지만, 주인공 남자가 우연한 사건과 부딪칠 때마다 낯선 여자가 나타나 연애에 대한 기대를 품게 만들었다. 주인공이 서울로 돌아오지 못하고 자꾸 그곳에 발이 묶이는 것도 그런 연애의 환상 때문으로 보였다. 영화를 보는 내내 빔은 어리바리해 보이는 남자 주인공에게 빠져들었다. 황당무계한 사건에 휘말려 좌충우돌하는 주인공을 쫓아가는 재미가 쏠쏠했다.

— 저런 게 오프로드야.

카페지기가 봤다면 그렇게 한마디 했을 것 같은 영화였다.

"짜장면이요!"

난데없이 지하의 혼탁한 공기를 휘젓는 외침이 들렸다. 감칠맛 나는 자장 냄새가 몰려왔다. 빔 옆자리 남자한테 배달돼 온 것이다. 초지일관 스타크래프트에 빠져 있던, 재수생 혹은 대학생으로 보이는 남자는 빔이 컵라면을 먹고, 화장실을 두 번 갔다 오고, 영화 한 편을 다 보고, 배달돼 온 자장면 냄새에 다시 허기를 느끼는 지금까지 꼼짝 않고 게임에만 빠져 있었다. 그의 옆자리에 놓인 자장면 한 그릇이 변화의 전부였다.

남자는 랩 비닐도 벗기지 않은 자장면을 옆자리에 놓아둔 채 여전히 게임에 빠져 있었다. 고소한 자장 냄새가 연신 코를 자극했고

마침내 배 속을 아우성치게 만들었다. 라면과 삼각김밥을 해치운
지 얼마 되지도 않았건만 벌써 허기가 졌다.

옆자리 남자는 게임을 끝내고 나서야 비닐을 벗기고 자장을 끼
얹어 덩어리진 면을 풀기 시작했다. 그러더니 고춧가루와 단무지
접시를 그대로 면 위에 부어서 같이 비벼 먹었다. 그는 게임 외의
어떤 일도 시간 낭비로 여기는 것 같았다. 자장면 냄새는 피시방에
있는 모두의 식욕을 자극했다. 점심시간을 맞은 교실처럼 실내가
술렁거렸다.

"저 형 스타크 폐인이에요. 어제 점심때 들어왔는데, 지금까지
저렇게 꼼짝도 않고 있어요. 화장실 두 번 갔다 온 게 다일걸요. 저
짜장면이 첫 식사고요."

파란 모자가 간단히 귀띔해주었다. 그러더니 녀석은 빔에게로
관심을 돌렸다.

"형, 아까 영화 봤죠? 그거 뭔 영화예요?"

파란 모자의 물음에 빔은 비위가 상했다. 녀석의 눈에 감시당한
것 같아서였다.

"너, 학교 안 다녀?"

딴죽 걸듯 엉뚱한 말이 튀어나왔다.

"학교요……? 졸업했어요. 고등학교는 생략했고요."

무심하고 당당한 대답이 흘러나왔다.

자신도 팽개쳐둔 학교 얘길 꺼내고 나니 괜히 머쓱해져서 빔은

상품 진열대 쪽으로 다시 몸을 돌렸다.

"와, 짱인데. 이거 누구 거야?"

피시방 안으로 들어서던 몇몇 녀석들의 감탄사가 터져 나왔다. 파란 모자랑 잘 어울리는 동네 똘마니들 같았다.

"할리데이비슨 아냐? 한때 바이크계 지존……."

"엔진 소리가 심장 소리랑 닮았다던데, 말이 되는 소리야?"

"그렇대. 할리도 할리 나름이긴 하지만."

"난 할리 별로야. 바이크는 달리는 맛에 타는 건데. 이건 유람용이잖아."

"우리나라 도로에 이 정도면 차고 넘치지. 이거 타고 폭주할 일 있냐."

구경값 치르듯 각자 자기가 들어본 말을 한마디씩 쏟아놓았다. 할리는 멋진 디스플레이 효과를 냈다. 우중충한 지하 피시방 입구를 환하게 밝혀주었던 것이다. 그 점이 입구를 비좁게 만든 할리의 존재와, 상의 한마디 없이 그걸 들여놓은 알바생의 주제넘은 행동을 주인아저씨가 문제 삼지 않은 이유였다.

"이천팔백 원이요."

파란 모자가 계산대 위에 올려진 먹을거리들을 흘끗 보더니 말했다. 놀랍도록 계산이 빠르고 정확했다. 돈을 내면서 빔은 차라리 식당에서 제대로 된 밥을 먹는 게 더 싸게 먹혔을 거라는 생각을 했다. 주유소에서부터 여비 문제가 신경 쓰여 아끼려고 한 것이 착

오였다.

"형, 이거 하나 먹어요."

파란 모자가 초콜릿바 하나를 라면 위에 선뜻 얹어주었다. 선심 쓰는 품이 피시방 주인 같았다. 빔은 군말 않고 공짜 떡고물을 받아 챙겼다.

"형, 나 없는 동안 여기 신경 좀 써줄 수 있어요?"

일이 끝나는 10시 무렵 파란 모자가 빔에게 뜬금없는 부탁을 해왔다.

"야간에는 주인아저씨가 당번인데, 컴맹이라서요. 대신 이용료는 면제예요."

빔은 공짜라는 말에 귀가 솔깃했다. 한 푼이라도 아껴야 하는 처지였던 것이다. 파란 모자가 말한 '신경 쓸 일'이란 생각보다 간단했다. 주인아저씨 부탁만 한 번씩 들어주면 되었다. 컴맹 아저씨가 청하는 일이란 애교스러울 만큼 간단한 것들이었다. 컴퓨터에서 계산기는 어떻게 쓰는지, 동영상을 무료로 다운로드 받으려면 어느 사이트에 들어가야 하는지 등등. 사소하고 간단한 일 몇 가지로 빔은 피시방에서 공짜로 밤을 날 수 있었다.

　

　―안녕, 앨리스. 드디어 입장하셨네. 난 모딜리아니 그림 속 모델처럼 되는 줄 알았잖아.

　―목 빠지게 기다렸단 말이구나.

— 역시 앨리스다워. 눈치 9단 센스 만점.

— 여행은 여전히 잘돼가고 있어, 빔?

— 당근!

— 다행이다.

— 앨리스, 나, 지금 어디게?

— 글쎄……?

— 앨리스가 사는 곳 바로 옆 도시.

— K시?

— 응.

— 벌써?

— 내일쯤 앨리스네 지역구로 넘어가려고…….

— 뭐, 내일?

— 응, 내일.

— 안 돼, 빔.

— 왜?

— 그냥.

— 왜 그래, 앨리스?

— 실은, 빔…… 널 못 만날 것 같아.

— ?????

— 미안해, 빔…….

— 갑자기 왜 그래, 앨리스?

— 도저히 안 되겠어.

— 이미 약속한 일이잖아.

— 정말 미안해.

빔은 화강석 성벽에 정면으로 부딪친 것 같았다. 머리가 띵하고 아무 생각도 떠오르지 않았다.

'여기로 오지 마. 제발 부탁이야!'

그 한마디를 끝으로 앨리스는 채팅방을 나갔다.

'여기로 오지 마. 제발 부탁이야!'

빔은 앨리스의 마지막 말과 마주한 채 멍하니 앉아 있었다.

채팅창 글자가 소리로 변해 빔의 귀에 이명처럼 울리기 시작했다. 여기로 오지 마! 여기로 오지 마! 여기로 오지 마! 여기로 오지 마 여기로 오지 마 여기로 오지 마 오지 마 오지 마 부탁이야 제발 부탁이야 오지 마 오지 마 오지 마 오지 마 부탁이야 제발 부탁이야 제발 부탁이야 제발 부탁이야 제발제발제발제발제발제발……

소리는 이내 장면으로 바뀌었다. 낮에 보았던 산성의 단단하게 둘러진 성벽이 눈앞에 떡하니 버티고 있다. 그 성의 주인인 앨리스는 빔에게 문을 열어줄 기미조차 없다. 어쩌면 영영 그 안으로 못 들어갈지도 모른다. 꿈이길 바랐다. 꿈일 테지. 현실이 이토록 가혹하다는 건 말도 안 돼. 영화도 아니고……. 아니 영화라도 이토록 비극적으로 끝날 순 없지.

어려운 접속이었다. 지금까지의 힘든 여정도 오로지 앨리스를 만나기 위한 것 아니었나. 파출소에 쭈그리고 앉아 밤을 지새운 것도, 남의 번호판을 떼낸 것도, 찜질방과 피시방을 전전하며 쪽잠으로 버틴 것도, 길 위에서의 거친 바람을 마다하지 않은 것도, 모두 앨리스가 있었기에 가능했다. 캄캄한 밤바다의 등대 같은 앨리스가 있었기에. 그런데 그 불빛이 갑자기 사라져버린 것이다. 빔은 아무 생각도 떠오르지 않았다. 누가 머리를 열고 뇌를 통째로 꺼내가기라도 한 듯.

*

앨리스도 접속을 끊고 모니터 앞에 멍하니 앉아 있었다. 주룩 눈물이 흘렀다. 결국 이렇게 허망하게 끝나버리다니. 빔에게 미안하고 죄스러워 견딜 수 없었다. 그런 중요한 약속을 어기게 될 줄이야. 더욱이 자신이 먼저 말을 꺼내고 부추긴 일을.

지금까지 애써왔던 일들이 단번에 물거품이 되어버렸다. 병원도 다니고, 약도 먹고, 엄마랑 쇼핑도 하고, 패로디와 오프라인 만남까지 시도하면서 빔과의 만남을 준비해왔건만. 빔은 말할 것도 없고 장의사와 엄마 아빠 모두에게 실망만 안겨준 결과였다. 패로디와의 만남은 시도하지 말걸. 후회스러웠지만 늦었다.

약속 시간에 정확히 맞춰 나갔으나 패로디는 보이지 않았다. 패스트푸드점 매장에 모자 쓴 여자애는 없었다. 패로디는 가운데 흰색 'F'가 박힌 군청색 모자를 쓰고 나오겠다고 했던 것이다. 오전이라 매장은 한산했다. 테이블 두 군데만 손님이 차지하고 있었다. 앨리스는 맨 구석 자리에 앉아 패로디를 기다렸다.

십 분 뒤 문자메시지가 왔다.

─쏘리, 앨리스. 사정이 생겨 이십 분 정도 늦을 거야.

예정 시간이 지나자 또 메시지가 도착했다.

─앨리스, 정말 미안. 십 분만 더 기다려줘.

한 시간이나 기다렸지만 패로디는 나타나지 않았다. 그러는 동안 문자메시지만 다섯 통이 날아들었다. 앨리스는 문자메시지를 주고받느라 시간이 그만큼 흘렀는지도 몰랐다. 직접 통화를 시도했으나 패로디 휴대폰은 꺼져 있었다. 매장 안으로 사람들이 너도나도 몰려들기 시작하는 점심시간 무렵 앨리스는 일어났다. 허탈감에 기운이 쭉 빠졌다. 잠깐 사이 매장 안은 쏟아져 들어오는 사람들로 북적였다. 먹을 것을 챙겨 든 사람들이 속속 자리를 찾아 앉기 시작했고 계산대 앞에는 길게 줄이 늘어섰다.

마지막 테이블을 지나치는 순간, 앨리스는 누군가의 팔꿈치와 세게 얼굴을 부딪쳤다. 단단한 벽에 부딪친 것처럼 머리가 띵했지만 아픈 줄도 몰랐다. 모든 게 순간이었다. 남자의 짧은 탄성, 빨간 컵이 엎어지고 콜라가 쏟아졌다. 카운터에서 햄버거 세트 메뉴를 들고 나서던 남자와 부딪친 것이다. 모자챙에 가려 시야가 좁았던 게 결정적 원인이었다. 콜라가 엎질러지면서 순식간에 남자의 바지가 갈색으로 얼룩졌다.

"에이 씨."

거친 쌍시옷 소리가 들렸다.

"야, 눈 좀 똑바로 못 뜨고 다녀!"

남자는 자신의 면바지를 손으로 털어내며 얼굴을 치켜들었다. 그의 눈과 마주치는 순간, 앨리스는 날카로운 뭔가에 찔리는 것 같았다. 짜증으로 일그러진 표정, 분노로 이글거리는 남자의 눈빛. 카운터 앞에 줄지어 선 사람들과 좌석에 앉아 있던 사람들 시선 역시 일제히 앨리스에게 꽂혔다. 얼굴이 화끈 달아올랐고 온몸에서 식은땀이 났다. 허리를 깊이 숙여 사과를 한 앨리스는 도망치듯 그곳을 빠져나왔다.

"뭐 저런 싸가지가 다 있어. 그냥 가버리면 다야!"

남자의 욕설과 등 뒤로 달라붙는 사람들의 따가운 시선이 온몸으로 느껴졌다. 죄스럽고 미안했지만 도망치는 걸음을 돌이킬 수 없었다. 매장을 나와 허겁지겁 거리로 나섰다. 보도에는 직장인들이 점심을 먹으러 건물에서 쏟아져 나오고 있었다. 도심에서 '정오'라는 시간이 이렇게 끔찍할 줄 몰랐다. 태양은 머리 꼭대기에서 빛을 곧바로 내리 퍼부었고, 사람들 눈빛은 먹잇감을 찾아 어슬렁거리는 짐승들 같았다. 중심가를 다 빠져나온 사거리 모퉁이에 공중전화 부스가 보였다. 앨리스는 황급히 그 안으로 들어갔다. 한결 마음이 가라앉았다. 그제야 자신의 옷에 묻은 얼룩이 눈에 들어왔다. 점퍼를 벗어 살펴보니 왼쪽 팔과 등 뒤쪽으로 콜라 얼룩이 있었다. 패로디의 한마디가 부스를 가득 메웠다.

　─나도 완전히 극복했다고 생각했거든. 그런데 착각이었어.

온라인 오프라인

이곳은 지하 벙커. 모니터에서 태어나 이 벙커 속에서 살며 오로지 전쟁을 일생일대의 과업이자 낙으로 알고 사는 종족들의 세계. 불꽃 튀는 전투가 오늘도 계속되고 있다. 각자 자신의 자리에서 승자와 패자를 가리는 싸움에 빠져 있다. 옆자리 남자 역시 자신의 종족을 보호하기 위해 저그와의 싸움에 몰입해 있다. 사흘 혹은 나흘, 아니 그보다 더 오래, 묵묵히 한결같은 모습으로……. 내일 지구가 멸망하더라도 그는 하던 싸움을 멈추지 않을 태세다.

빔은 그들이 부러웠다. 적어도 그들에겐 싸울 상대도, 싸우는 목적도 있지 않나. 자신처럼 갈 곳 잃고 표류 중인 이는 아무도 없어 보였다. 망망대해에 떠 있거나 사막 한복판에 내던져진 것처럼 막

막했다. 계산대 앞에서 졸고 있는 주인아저씨, 그 옆에 묵묵히 서 있는 할리처럼 빔 역시 이 지하 벙커에서는 외계인이나 다름없다.

이런 경우도 예측했어야 했다. 현실을 너무 낙관적으로 생각한 것이다. 앨리스와의 대화가 순조로웠던 건 온라인이어서 가능했다. 그동안 앨리스와의 대화는 모니터상에서 주고받은 글자에 불과했다. 온라인과 오프라인은 'H₂O'라는 화학식 기호를 한 잔의 물로 접하는 것과 같은 차이라는 걸 잊고 있었다. 더욱이 앨리스는 시선공포증 환자가 아니었던가. 처음부터 모든 문제를 너무 쉽게 생각했던 것이다. 이런저런 이유를 떠올려보면서 빔은 눈앞의 현실을 받아들이려 애썼다. 하지만 패닉 상태를 극복하기에는 역부족이었다.

펏. 옆 남자의 모니터가 마침내 꺼졌다. 드디어 전쟁이 끝난 모양이다. 남자는 허리를 펴고 팔과 다리를 길게 늘여 기지개를 켜며 하품을 뱉어놓는다. 몇 번이나 몸을 비틀며 그런 동작을 반복하더니 긴 등받이 의자에서 몸을 일으킨다. '폐인' 몰골이 적나라하게 드러난다. 헝클어진 머리, 거뭇거뭇해진 입가, 퀭한 눈, 부석부석한 피부……. 첫발을 내딛는 순간, 폐인의 몸이 휘청했다. 반사적으로 그는 의자를 잡고 간신히 몸을 지탱했다. 빔은 꼭 자신의 유체 이탈을 보고 있는 것 같았다. 꼼짝도 못한 채 눈앞에 펼쳐지는 광경을 바라보기만 할 뿐이었다.

의자를 붙들고 간신히 버티고 있던 폐인은 마침내 바닥에 주저

앉았다. 전쟁에 모든 걸 쏟아부은 그는 고향으로 돌아갈 최소한의
기운조차 남지 않은 모양이었다.

"어, 왜 그래요. 정신 차려요!"

다급한 외침이 들리더니 사람들이 모여든다. 잠시 전투를 중단
한 전사들 몇몇이 바닥에 쓰러진 폐인의 몸을 일으켜 세운다.

"어이, 오토바이 학생. 119 좀 불러!"

주인아저씨가 소리치면서 빔의 몸을 툭 쳤다. 하지만 그의 목소
리는 아득하게 들렸고 손길은 솜방망이처럼 둔하게 느껴졌다.

"어이 학생, 119 좀 부르라니까!"

또 한 번의 다그침과 함께 이번에는 더 세찬 손길이 빔을 쳤다.
비로소 빔은 반수면 상태에서 풀려났다. 그제야 간신히 몸을 움직
일 수 있었다. 주인아저씨와 몇몇 사람이 쓰러진 폐인을 추스르는
동안, 자리에서 몸을 일으킨 빔은 몽롱한 기분을 떨치며 계산대로
걸어갔다. 전화기 버튼을 꾹꾹 눌러 119를 부르고, 파란 모자에게
도 연락했다. 스쿠터가 구급차보다 빨랐다. 119보다 파란 모자가
먼저 왔다.

"내가 피시방 지키고 있을 테니, 형이 주인아저씨랑 같이 병원
좀 갔다 와요."

파란 모자가 재난 현장의 지휘 본부장처럼 말했다. 알바생이 아
니라 피시방 주인처럼 구는 녀석의 카리스마에 주인아저씨가 알
바생인 듯 고분고분 따랐다.

난생처음 빔은 구급차에 올랐다. 사이렌 소리를 바로 곁에서 들으며 달리자니 자신이 이송당하고 있는 환자 같은 기분이었다. 빔은 폐인보다 자신이 더 심각한 상태인지도 모른다는 생각이 들었다.

"어떻게 된 건지 자세히 얘기 좀 해봐요."

간호사의 말은 빔이 환자가 아니라 환자의 보호자라는 사실을 깨우쳐주었다.

폐인이 누운 침대 곁에 줄곧 붙어 있던 빔은, 간호사와 의사가 번갈아 가며 와서 환자에 대해 물을 때마다 같은 말을 반복해야 했다.

─사흘 내내 게임에만 빠져 있었어요. 먹은 거라곤 짜장면 한 그릇이 전부고요.

그렇게 말했던가.

─내내 그 생각만 하고 달려왔어요. 희망이라곤 앨리스를 만나는 것, 오직 하나뿐이었어요.

이렇게 말했던 것 같기도 했다.

거기까지만 기억났다. 눈을 떴을 때는 빔 자신이 침대에 누워 있었다.

어리둥절해하는 사이 옆 침대의 폐인이 눈에 들어왔다. 처음엔 피시방인 줄 알았다. 정신을 수습해보니 자신의 팔에 포도당 주삿바늘이 꽂혀 있었다. 피시방에서처럼 폐인 바로 옆자리 침대에 누운 채였다. 피시방 주인아저씨는 접수창구를 오가느라 분주했다.

그는 피시방보다 병원에 더 잘 어울리는 사람으로 보였다.

"넌 어떻게 누울 자리 딱 보고 뻗더라. 거참, 신기하대. 컴퓨터바이러스가 사람한테 옮겨 와 돌림병으로 돌기라도 했나?"

주인아저씨가 신기해할 만도 했다. 사흘 내내 피시방에 나란히 앉아 있던 두 사람이 응급실 침대에 다시 나란히 누웠으니 말이다.

응급실 침대 신세를 질 만한 이유로는 빔도 폐인 못지않았다. 급작스레 바뀐 환경에다 강행군으로 겹친 피로, 앨리스 일로 받은 충격까지⋯⋯. 누가 손가락으로 톡 퉁기기만 해도 주저앉을 판이었다. 생수처럼 보이던 링거액 한 병의 힘은 놀라웠다. 빔은 언제 그런 일이 있었냐는 듯 반나절 만에 가뿐하게 일어났다. 침대에서 몸을 일으키면서 빔은 결심했다. 어떻게든 이 여행을 버틸 수 있는 데까지 버텨보자고.

"아저씨, 저요, 피시방에서 당분간 알바 좀 할 수 없을까요?"

멀리 피시방 입간판이 보이자, 빔이 주인아저씨 눈치를 살피며 말했다.

갑작스러운 제안에 주인 남자는 잠시 생각에 잠겼다.

"너, 그 할린지 뭔지 하는 오토바이 진짜 네 거 맞아?"

미심쩍어하며 아저씨가 물었다.

"말씀드렸잖아요. 그거 우리 집 전 재산이라고⋯⋯."

"그럼 그 오토바이도 계속 거기 세워둘 거냐?"

빔보다 할리를 탐내는 말이었다.

빔은 자신의 존재감이 할리 다음 순서인가, 같은 생각은 할 겨를도 없었다.

"그럼요. 제 분신이나 다름없는걸요."

말하고 나니 할리의 존재가 대단해 보였다. 빔 자신을 지켜주고 있는 수호신처럼 여겨졌다.

"그럼, 그러든가."

주인아저씨가 선심 쓰듯 고개를 끄덕였다. '해결사 할리'를 또 한 번 실감하는 순간이었다.

"비싼 약이 제값을 하긴 하는가 보다. 아까보다 훨씬 생기 있어 보이는 게."

주인아저씨가 빔의 얼굴을 흘끗 보며 덧붙였다.

할리의 후광과 포도당 주사에 힘입은 덕인지 빔은 다시 의욕이 솟았다. 여행을 좀 더 희망적으로 보기로 했다. 앨리스 일도 그리 낙담할 게 아니라는 생각이 들었다. 빔은 그들의 예측할 수 없는 증상에 대해 잘 알고 있었다. 언제 다시 이전의 심리상태로 돌아올지 알 수 없었다.

— 빔, 우리 만나자.

이런 쪽지가 문득 행운의 종이학처럼 날아들 수도 있다.

*

"어, 이게 뭐야."

빔은 뜻밖의 광경에 놀라 소리쳤다. 피시방 입구에 있던 할리가 온데간데없었던 것이다. 계산대에는 웬 낯선 노랑머리 녀석이 앉아 있었다.

"찬우 형이…… 잠깐만 봐달라고 해서요."

노랑머리가 주인아저씨에게 떠듬떠듬 사정을 털어놓았다. 파란 모자 알바생 이름이 찬우였던 것이다.

"언제 타고 나갔는데?"

주인아저씨가 빔의 눈치를 살피며 노랑머리에게 물었다.

"한 시간, 훨씬 넘었는데……."

노랑머리가 벽의 시계를 흘끗 올려다보며 말했다.

"정확히 말해봐. 언제 갔는지!"

빔이 흥분한 목소리로 나섰다. 이미 제정신이 아니었다.

"12시에 갔으니까…… 세 시간쯤, 됐네요."

노랑머리가 흘끔흘끔 눈치를 보며 말했다.

"좀 기다려보지 뭐. 오고 있을지도 모르니."

주인아저씨 말이 빔에게 먹혀 들 리 없었다.

"너, 찬우 집 알지?"

빔이 흥분한 목소리로 나섰다.

노랑머리는 난처한 표정을 지으며 머리를 끄덕였다.

"앞장 좀 서라."

빔의 비장한 태도에 노랑머리는 찍 소리 못하고 따라나섰다.

찬우 녀석의 스쿠터는 잠금장치도 없이 피시방 입구 벽에 기대져 있었다. 앉는 자리는 닳아 속의 누런 스펀지가 비쳤다. 뒷자리에 노랑머리를 앉히고 빔은 스쿠터에 올랐다. 형편없는 꼬락서니에 비하면 달리는 데는 별 문제 없는 스쿠터였다.

"이 집이에요."

노랑머리는 칠이 벗겨져 나간 녹슨 은색 철 대문을 가리켰다. 곧 재개발될 것 같은 후줄근한 동네의 골목길 안쪽에 있는 집이었다. 여러 가구가 세 들어 사는 낡은 2층 슬래브 집이었다. 꼭대기에는 임시로 지은 옥탑방도 있었다. 마당에는 잡동사니 같은 살림살이로 어수선했다.

"좀 비키라, 이눔들아."

고함 소리에 돌아보니 웬 영감 하나가 뒤에 서 있었다. 다 해진 누런 러닝셔츠에 군청색 추리닝 바지 차림이었다.

"어, 안녕하세요, 할아버지."

노랑머리가 영감을 알아보고는 꾸벅 인사를 했다.

영감은 본체만체하더니 마당으로 들어갔다.

노랑머리는 빔에게 그가 찬우 할아버지라고 귀띔해주었다. 영감은 마당 한편에 쌓여 있는 헌책들을 옮기는 중이었다. 골목 한쪽 자투리 공간에는 종이 상자와 폐지들이 잔뜩 쌓여 있고 그 앞에 리어카 한 대가 서 있었다.

“할아버지, 찬우 형 없어요?”

“일하로 안 갔나.”

영감이 뚝뚝하게 대꾸하며 지나쳤다. 그는 굼뜨고 지친 동작으로 마당과 골목을 오가는 일을 되풀이하고 있었다.

“할아버지, 찬우 형이요, 이 형 오토바이 타고 나가서 안 돌아왔어요.”

노랑머리가 빔을 가리키면서 말했다.

리어카를 천천히 몰고 나오던 영감은 그제야 둘을 제대로 쳐다보았다. 쭈글쭈글 주름진 얼굴에 눈은 흐릿하고 충혈돼 있었다. 찬우 할아버지가 맞았다. 눈을 보니 확신이 갔다.

“안 돌아왔으마 기다리마 오겠지. 내가 그놈이 어디로 갔는지 어예 알겠노.”

영감은 외려 둘을 나무라는 투였다.

“할아버지, 근데 그게요, 진짜 비싼 오토바이거든요. 자동차 한 대 값하고 맞먹는 거래요.”

노랑머리는 사건의 심각성을 영감에게 일깨우려는지 짐짓 과장되게 말했다.

“아, 글쎄 기다리보라카이! 아직 해도 안 졌고마……”

영감은 버럭 역정을 쏟아놓았다. 그러더니 리어카를 끌고 골목을 느릿느릿 빠져나갔다.

빔은 노랑머리와 함께 찬우 녀석 집을 확인하러 들어갔다. 녹슨 세발자전거와 플라스틱 대야, 빈 화분 등으로 어수선한 마당을 지나 본채 뒤쪽으로 가니 반지하 셋방이 보였다. 사람 하나 겨우 드나들 만한 현관 새시 문이 비죽이 열려 있었다. 문단속 같은 건 신경도 쓰지 않았다. 열린 문 사이로 실내가 훤히 들여다보였다. 입구에 부엌이 있고, 안쪽으로 좁은 마루를 사이에 둔 골방 하나와 큰 방이 딸려 있는 전형적인 반지하 셋방이었다. 가스레인지에는 여기저기 음식 찌꺼기가 떨어져 말라붙어 있고 그 옆에는 먼지와 기름때로 꼬질꼬질한 양념병들이 오종종 모여 있었다. 싱크대 앞쪽에 놓인 종이 상자에는 빈 소주병이 그득했다. 마루 한쪽에는 둥근 밥상이 보자기도 덮이지 않은 채 놓여 있었다. 밥풀 말라붙은 밥그릇이 양쪽으로 놓여 있고 가운데 노란 양은 냄비에는 시뻘건 양념의 김치찌개가 보였다. 손자와 할아버지가 마주 앉아 먹고 난 아침상이 그대로 펼쳐져 있었다.

"가자."

빔은 노랑머리와 함께 그 집을 나섰다. 다시 스쿠터에 올라, 찬우 녀석이 갈 만한 곳을 찾아 동네 구석구석 헤집고 다녔다. 헛수고였다. 찬우 녀석은 어디에도 보이지 않았다. 결국 포기하고 빔은 방향을 돌려 다시 피시방으로 갔다.

"아직 아무 소식이 없네. 휴대폰도 꺼져 있고, 내 참."

주인아저씨가 난처해하며 말했다.

할리를 찾아서

데앵 데앵 데앵 데앵—

벽에 걸린 괘종시계가 11시를 알렸다.

그 날벼락 같은 소리에 빔은 번번이 놀랐다. 빗물 얼룩이 군데군데 번져 있는 벽도 한몫했다. 시계는 천장 모서리에서 시작한 균열이 낙뢰처럼 사선 방향으로 길게 난 중간쯤에 걸려 있었다. 하얀 눈금판 위에 둥글게 나열된 숫자 4와 8 사이에 태엽 감는 검은 구멍 두 개가 눈동자처럼 나 있고, 그 밑에 주걱만 한 추가 좌우로 무심히 흔들리고 있었다. 앤티크 수집광이라면 누구나 눈독 들일 만한, 요즘 보기 드문 구형 괘종시계였다. 영감이 남의 집 폐품 수거하다 운 좋게 건진 물건 같았다. 괘종시계는 그나마 어울리는 편이었다. 집 안 분위기와는 따로 노는 생뚱맞은 물건이 곳곳에 놓여 있었다. 17인치 텔레비전 옆에 놓인 정교한 조각 장식의 작은 목제 스툴, 기름때로 찌든 부엌 벽에 걸린 서양식 칼꽂이, 현관 바깥쪽 여러 잡동사니 사이에 놓여 우산꽂이로 쓰이는 도자기 화병…….

빔은 빚 받으러 온 사람처럼 찬우 할아버지와 멀찍이 떨어진 곳에 마주 앉아 있었다. 영감은 마루에, 빔은 찬우 녀석 방에 각각 자리를 잡은 채였다. 영감은 시계 걸린 바로 아래쪽 벽에 등을 기대고 앉아 소주만 홀짝이고 있었다. 빔을 한 번씩 놀라게 만드는 괘종 소리에도 영감은 들은 척 만 척이었다. 소주 한 병이 거의 바닥을 향해가고 있었다. 찌개 냄비를 앞에 놓고도 영감은 손도 대지 않았다. 조그만 종지에 담긴 왕소금이 영감의 안주였다. 영감은 소주 한 잔을 들이켜고는 손가락으로 왕소금 두어 알을 집어 입속에 넣었다. 김치찌개는 빔을 위해 마련한 것이었다.

—밥 한술 뜨지 그라나.

처음 찌개 냄비를 들고 들어오던 영감은 빔에게 저녁을 권했다. 빔으로서는 밥맛이 있을 리 없는 데다, 김치찌개에서 나는 시큼털털하고 쾨쾨한 냄새에 그나마 있는 식욕마저 달아날 지경이었다.

밤이 깊었지만 찬우 녀석은 여전히 감감 무소식이었다. 시간이 갈수록 빔은 초조하고 불안했다. 입술이 바싹바싹 탔다. 주머니에 뒹굴던 둥근 막대 사탕을 하나 꺼내 입에 물었다. 사탕을 두어 번 빨고 나니 마른입에 침이 생기고 그것만으로도 허기가 가시는 기분이었다. 생각해보니 그것도 피시방에서 찬우 녀석이 찔러준 것이었다. 녀석은 미리부터 할리에 눈독을 들이고 있었던 게 분명했다. 이까짓 사탕발림에 넘어가다니.

녀석이 안 돌아오면 어떡하지? 영감이 앉은 마루 쪽을 내다보고 있으면 그런 생각이 들고도 남았다. 균열이 간 벽면, 곰팡내 나는 침침하고 눅눅한 지하 방, 술에 찌들어 사는 할아버지…… 눈에 들어오는 광경 하나하나가, 다 읽은 스포츠신문처럼 뒤에 던져두고 가고 싶을 만큼 거추장스러운 것투성이였다. 빔 자신이라도 이런 꾀죄죄하고 숨 막히는 집으로 돌아오고 싶지 않을 것 같았다. 그런 암담한 생각도 찬우 녀석 방으로 눈을 돌리면 조금 누그러졌다.

찬우 녀석의 방은 이 집 분위기와는 완전히 다른 별천지였다. 영감의 최고 작품이 바로 녀석 방에 마련돼 있었던 것이다. 가방 끈 긴 사람이 있는 집안처럼 삼면이 책으로 빼곡히 둘러싸여 있었다. 책을 벽돌 삼아 쌓고 그 위에 기다란 집성목 판자를 층층이 올려 천장 끝까지 책꽂이를 쌓아놓았다. 그런 책꽂이가 삼면을 둘러 있고 그 속을 헌책들이 빈틈없이 채우고 있었다. 어림잡아 천 권은 너끈히 돼 보일 정도의 책이 들어차 있는 거대한 책장이었다. 똑같은 디자인의 책등 표지가 번호만 달리하며 나란히 꽂혀 있는 전집류도 많았다. 2, 3권이 빠진 삼국지, 1, 5권이 없는 토지, 1, 2, 3권이 없는 학생 백과…… 세계 명작이나 취미 관련 서적, 추리소설, SF,

할리퀸 소설, 만화책에 이르기까지 온갖 책들이 분야별로 칸을 달리해 꽂혀 있었다. 어떤 칸은 교과서와 참고서, 수험서로 가득했다. 영감의 직업이 오랫동안 만들어낸 헌책방 같은 서재였다. 라면 냄비나 빈 소주병이 굴러다니는 꾀죄죄하고 옹색한 지하 셋방에 그것은 대단한 파격이었다.

"내가 물려줄 끼 머가 있겠노. 이런 거밖에는. 녀석이 학교만 제대로 댕기고 공부에만 취미를 붙이도 먼 걱정거리가 있겠나. 초등핵교 댕길 때만 해도 동네에서 알아줄 정도로 똘똘한 놈이었는데……."

데앵, 데앵, 데앵, 데앵—

자정을 알리는 소리.

"아니, 이놈으 짜슥이……."

마지막 잔을 비운 영감이 얼굴을 찌푸리며 내뱉었다. 그는 알루미늄 야구방망이를 세워 그 위에 두 손을 얹고 턱을 받쳐놓았다. 그걸로 한 대 맞으면 누구라도 나가떨어질 것 같았다. 금속 방망이 역시 집 안 곳곳에서 눈에 띄는 생뚱맞은 물건의 하나였다. 맨 처음, 빔이 흥분한 목소리로 찬우 녀석이 일으킨 문제에 관해 털어놓았을 때, 슬그머니 자리를 떴던 영감이 어디선가 구해 온 것이었다. 찬우 녀석의 처벌에 관한 한 자신에게 맡겨두라는 의미였다. 그건 빔의 개입을 막는 뜻이기도 했다. 그러니까 영감의 방망이는 결국 손자 녀석을 지키기 위한 도구였다.

자정을 알리는 괘종시계 소리와 함께 영감의 표정은 바뀌었다. 그 전까지 노여움이 그득했다면 이제는 걱정이 역력한 표정이었다.

"사고가 나도 단단히 난 모양이그만. 집에 연락도 못할 정도로……."

그 한마디에 빔의 가슴도 철렁 내려앉았다. '그렇다면 내 할리는……?' 하는 생각부터 스쳤다. 처참하게 망가진 할리의 모습이 떠오르자 아찔했다.

그때였다. 금속성 마찰음이 희미하게 들렸다. 현관 쪽에서 나는 소리였다. 빔은 반사적으로 방을 뛰어나갔다. 아니나 다를까 문을 열고 들어서려던 누군가가 멈칫하더니 후다닥 튀어 나갔다. 동시에 꽈광— 쇳소리가 요란하게 났고 이어 철 대문 부딪치는 소리도 들렸다.

빔도 그에 못지않게 빨랐다. 순식간에 현관을 벗어나 마당을 가로질러 대문을 나섰다. 신발도 신지 않은 채였다. 골목 어귀에서 막 사라지는 녀석의 뒷모습이 보였다. 파란 모자를 쓰지는 않았지만 찬우 녀석이 분명했다.

큰길로 나섰을 때 녀석은 이미 감쪽같이 사라진 다음이었다. 세 갈래로 길이 나뉘는 삼거리 가로등 앞만 불빛을 받아 휑뎅그렁 보일 뿐이었다. 놈이 어느 방향으로 튀었는지 감을 잡을 수 없었다. 빔은 다급하게 이 골목 저 골목 기웃거렸지만 녀석의 자취는 보이지 않았다.

골목마다 개 짖는 소리가 한참이나 요란했다. 짧은 소동이 동네 개들만 죄다 깨워놓은 셈이었다. 빔은 골목 어귀 전봇대 앞에 주저앉아 거친 숨을 가라앉혔다. 진작 경찰에 알릴걸 그랬나, 싶기도 했다.

― 이 늙은일 봐서라도 쪼매만 기다리보거래이.

영감의 간곡한 당부 때문이었다기보다는 빔 스스로 일이 커지는 것을 원치 않았다. 집에 걱정을 끼치는 일도, 또다시 파출소를 오가는 것도 피해야 했다.

가로등이 이따금 껌벅거렸다. 그때마다 골목이 사라졌다 다시 나타나곤 했다. 전봇대도, 그 아래 쌓여 있는 쓰레기봉투 더미도, 건넛집 담 앞에 줄지어 있는 화분도 없어졌다 다시 생겨났다. 빔은 자신이 지금 처한 상황이 실제인지 아닌지 헷갈릴 지경이었다. 담벼락 앞의 나직한 화분처럼 쭈그리고 있던 날들이 있었다. 어린 시절, 엄마한테 야단맞고 쫓겨났던 때였다. 무슨 잘못을 저질렀는지는 기억에 없다. 어린 빔의 고집도 만만치 않았다. 밤늦도록 집에 들어가지 않고 버틴 적도 있었다. 깜박 잠들었다가 아빠 품에 안겨 대문 안으로 들어서던 기억이 났다. 아빠의 손길이 사라진 후, 엄마도 더는 아들을 집 밖으로 내쫓지 않았다. 어쩌면 반대일 수도 있다. 아빠라는 그늘이 사라지자 알아서 눈치껏 굴었는지도 몰랐다. 집안에 생긴 커다란 구멍을 메우기 위해 다들 놀라운 생존력을 발휘했다. 서로 단단하게 뭉쳐 살아남았다. 두 번째 '그날'이 오기까지.

끔벅, 다시 불이 들어오면서 골목이 나타났다. 가로등 불빛이 서른 번쯤 오갔을 때에야 빔은 추위를 느끼며 일어났다.

*

희붐한 빛이 흘러들었다. 익숙한 광경이었다. 빔은 오래전 지하방 시절의 아침으로 돌아가 있는 것 같았다. 여기저기 금이 간 벽, 얼룩진 벽지, 눅눅한 곰팡내……. 싱크대 한쪽 구석에 쭈그리고 앉아 빔이 일어나기를 기다리고 있을 엄마가 떠올랐다. 충혈된 눈, 부은 눈두덩으로 빔을 지그시 내려다보며. 하지만 그건 오래전 일이다. 이제는 그저 기억으로만 남아 있는 일.

머리맡에서 빔이 일어나기를 기다리고 있는 건 엄마가 아니었다. 찬우 할아버지였다. 밤새 이마 주름이 더 깊이 패고 눈이 퀭해져 있었다.

날이 밝았으나 달라진 건 아무것도 없었다.

"따라와 보거래이."

영감은 결단을 내린 듯 자리를 털고 일어났다. 빔이 깨어나기만 기다린 것 같았다.

골목은 이른 아침 부연 공기 속에 가라앉아 있었다. 가게 문을 여는 상점 주인이 보였고 등굣길의 학생, 출근길에 오른 회사원이 간간이 눈에 띄었다. 골목은 이 사람 저 사람 발길에 차츰 깨어나는 중이었다.

영감은 뒷짐을 진 채 빔보다 두어 발치 앞서 걸었다. 올망졸망한 가게들이 줄지어 선, 쭉 뻗은 넓은 골목길을 지나 미로 같은 골목으로 다시 접어들었다. 러시아 인형처럼 골목 속에 또 골목이 나 있었다. 대체 끝이 어디야, 하는 오기와 짜증이 치밀 즈음 기찻길이 보였다. 방음벽이 높이 설치된 기찻길을 따라 이번에는 복도처럼 곧게 뻗은 골목이 이어지더니 그 끝에 잡풀 무성한 공터가 나타났다. 공터 뒤쪽, 담으로 둘러 있는 막다른 골목은 폐물들의 거대한 집하장이었다.

넓은 마당 한편에 중고 가전제품에서부터 자동차 부품, 고철 덩어리까지 엄청나게 쌓여 있었다. 발 디딜 틈 없이 잡동사니들이 널린 마당에서도 영감은 이리저리 익숙하게 걸음을 옮겼다. 그러더니 구석 쪽에 있는 푸른 천막으로 들어섰다. 임시 숙소쯤으로 보였다. 내부는 어둑했고 어지러이 널린 잡동사니들에서 쾨쾨한 냄새가 풍겼다. 한쪽 구석에 허옇게 에어캡 비닐이 둘둘 말려 있는 게 보였다. 영감은 그 앞에 멈춰 섰다.

"내, 이노무 짜슥을."

불쑥 한마디 내뱉으며 영감이 발로 비닐 뭉치를 찼다. 에어캡이 뽀득뽀득 소리를 내기 시작했다. 둘둘 말린 에어캡 속에 누군가 들어 있었다. 찬우 녀석이었다. 고치 속에 든 누에 같은 모습으로 녀석이 잠들어 있었다. 영감의 고함 소리에 이어 녀석의 둔중한 말이 떠듬떠듬 흘러나왔다. 투덕거리는 소리와 욕설과 고함이 뒤섞인 음울한 소리에 뽀득거리는 경쾌한 에어캡 소리가 어우러져 괴상한 화음을 이루었다.

빔은 두 사람의 다툼 같은 건 관심도 없었다. 할리를 찾는 데만 온 정신이 팔려 있었다. 두서없이 물건들이 널린 안쪽으로 커다란 철제 캐비닛이 칸막이처럼 서 있었다. 그 뒤로 돌아가 보니 널찍한 공간이 있었다. 큼직해 보이는 물건 하나가 갈색 체크무늬 천에 가려져 있었다. 빔은 긴장한 눈빛으로 천을 벗겨냈다. 아니나 다를까, 할리였다. 늠름하고 우아한 자태로 빔의 할리가 제 모습을 드러낸 것이다. 텔레비전에서 보던 이산가족 상봉, 꼭 그런 느낌이었다. 코끝이 시큰했다. 몸체를 손으로 더듬으며 재회의 감격에 젖었다. 단단하고 매끈한 골격이 손끝에 와 닿자 할리의 존재가 실감났다.

하지만 극적인 기쁨도 잠시였다. 할리 몸체를 찬찬히 훑어가던 빔의 눈에 끔찍한 장면이 잡혔다. 완벽에 가까웠던 몸이 군데군데 망가져 있었던 것이다. 왼쪽 사이드미러에 금이 가 있고, 핸들 부위는 흠집이 나 있었으며, 배기통도 쭈그러져 있었다. 빔 자신의 몸에 상처가 난 것 같았다. 아니, 그건 자신의 가족에게 가해진 상처였다.

"이런 씹새가……."

흥분한 빔은 곧장 찬우 녀석에게로 내달렸다. 북받친 감정이 거침없이 발길과 주먹질로 쏟아져 나왔다. 그럼에도 녀석은 별다른 저항 없이 빔의 주먹질에 몸을 내맡기고 있었다. 놀란 영감이 둘 사이에 뛰어들었다. 급기야는 영감과 빔, 둘의 몸싸움이 돼버렸다.

"야, 이 새끼야, 그게 어떤 건지나 알아?"

영감의 몸에 제지당한 빔이 발버둥 치며 외쳐댔다.

"그거 우리 엄마 몸 팔아서 산 거라고!"

감정이 격해져 뜻밖의 말까지 튀어나왔다.

뒤엉킨 영감과 빔은 에어캡 비닐이 펼쳐진 바닥을 이리저리 뒹굴었다. 말리고 뻗대고 발버둥 치는 지루한 몸싸움이었다. 한참 만에야 영감과 빔은 탈진한 채 나가떨어졌다. 영감은 찬우 녀석 발치에, 빔은 캐비닛 앞쪽에 녹다운 돼버렸다.

차츰 주변 정황이 빔의 눈에 들어왔다. 피 묻은 수건 하나가 옆에 말라비틀어져 있었고, 한쪽 구석에는 빈 컵라면과 과자 봉지 등이 나뒹굴었다.

"그냥 딱 한 번만, 타볼 생각이었어요. 그런 다음 원래 자리에 갖다 놓으려고 했는데……."

감정이 가라앉고 나자 녀석이 떠듬떠듬 내막을 털어놓기 시작했다.

골목에서 갑자기 튀어나오는 꼬마를 피하려다 전봇대를 들이받

왔다는 것, 그 충격으로 넘어지는 바람에 할리도 녀석도 둘 다 외상을 입을 수밖에 없었다는 것. 그것이 빔의 발길질과 주먹질을 녀석이 묵묵히 받아들인 이유였다.

"그라모, 어젯밤 들어오다 튀어 나간 놈은 니놈 아이었나?"

영감이 의아해하며 물었다.

"성찬이요."

"성찬이…… 대영 철물점 막내아들?"

영감의 물음에 찬우 녀석이 고개를 끄덕였다.

녀석의 얼굴은 빔의 주먹과 발길질 세례에 부어오르고 코피 자국이 여기저기 남아 있었다. 빔도 거의 반사적으로 나온 행동이었다. 할리가 망가진 모습을 보는 순간, 제정신이 아니었다.

"성찬이 그눔아랑은 아예 어울리지 마라 안 카더나. 그런 개망나니하고는 머하러 자꾸 어울리 댕기쌓노?"

영감의 얼굴은 걱정과 짜증으로 찌푸려졌다. 이 모든 일이 나쁜 친구랑 어울려 일어난 일이라는 듯, 영감은 천천히 주위를 둘러보며 또 한 번 이맛살을 찌푸렸다. 지난밤 이곳에서의 일을 짐작하게 해주는 광경이 한쪽 구석에 남아 있었던 것이다. 굴러다니는 소주병, 빈 컵라면 용기, 고추참치 캔에 소복이 꽂힌 담배꽁초…….

한 지붕 딴 가족

　사진은 더 이상 업데이트되지 않았다. K시의 성곽을 담은 것이 마지막이었다. 길은 거기서 끊긴 것처럼 보였다. 그동안 게시판의 사진을 보면서 빔이 거쳐 간 길을 따라가며 감상하는 즐거움을 앨리스만 누린 건 아니었다. 빔의 사진은 카페 회원들에게 신선한 볼거리였다. 사진 밑에 달린 댓글을 보면 알 수 있었다. 하나같이 기대에 찬 댓글이었다. 그들은 자신들이 직접 여행이라도 하듯 즐거워했다.

　모처럼 만의 접속이었다. 빔에게 미안하고 죄스러워 앨리스는 그동안 접속할 엄두도 내지 못했다. 빔도 접속을 하지 않은 게 분명했다. 혹시 빔이 여행을 접은 건 아닐까? 그리고 실망해서 이 카페와의 인연마저 끊어버린 건 아닐까? 생각만으로도 숨이 막혀왔다. 그렇다면 모든 책임은 자신에게 있는 것이라고 앨리스는 생각했다.

빔과 했던 둘 사이의 은밀한 약속, 그것도 이젠 막을 내렸다. 앨리스는 자신의 갑작스러운 충동에서 시작한 일이 결국은 여러 사람에게 실망만 안겨주고 끝났다는 사실이 견딜 수 없었다.

—그 정도만 해도 어디야. 빔이라는 친구를 여행에 나서도록 만들었잖아.

장의사는 그렇게 위로해주었다. 위안이라면 위안일 수도 있었다. 그렇다고 앨리스 자신의 잘못이 사라지는 건 아니었다. 죄의식에서 자유로울 수도 없었다. 약속을 저버린 것이다. 결코 돌이킬 수 없는 잘못을 또 저지르다니……

넌 왜 그렇게 내게 무심했니? 손가락까지 걸어놓고.

그날 이후, 그림자처럼 앨리스를 따라다니던 검은 눈동자. 창밖을 바라보거나 책을 펼치거나 칠판을 볼 때도 그 눈길에서 벗어날 수 없었다. 그때 그 눈과 부딪치지 않았더라면…… 모든 것이 달라졌을까?

그 애와는 중학교 삼 년 내내 같은 반이었다. 앨리스가 기억하는 한 한 번도 1등을 놓친 적 없는 아이였다. 각자 책상 맨 앞줄과 맨 뒷줄에 앉아야 하는 신체적 차이 때문에 둘이 친해질 기회는 별로 없었다.

"너도 A외고 갈 거라며?"

외고 원서를 쓰고 난 다음, 처음으로 그 애와 마음을 터놓게 되었다. 능력만큼 욕심도 많은 아이였다. 아빠는 의사 엄마는 약사, 불치병에 걸리더라도 별 걱정 없을 것 같은 집안에서 자란 아이. 그 애 사전에 2등이란 없었다.

"영·불 동시통역사가 되려고. 파리 1대학 아니면 2대학에서 유학할 거야."

남들은 생각지도 못하는 꿈을 얘기할 때도 그 애는 분식집 메뉴 고르듯 덤덤하게 말했다.

외고 입학 후에는 반이 나뉘는 바람에 그 애를 볼 기회도 없었다. 학교에서 처음으로 마주친 건 첫 시험 결과가 나온 다음 날이었다. 점심시간, 학생 출입 금지 구역인 옥상에서였다. 어떻게 들어왔는지 그 애가 먼저 옥상을 차지하고 있었다. 세상 다 산 듯한 표정으로 운동장 바닥을 내려다보고 있었다. 그 애가 난생처음으로 1등을 놓친 날이었다.

"죽고 싶어."

앨리스가 하고 싶었던 말을 그 애가 먼저 토해냈다. 눈이 빨갛게 충혈돼 있었다. 안경 벗은 눈을 처음으로 가까이서 또렷이 볼 수 있었다. 속눈썹이 마치 붙인 것처럼 길고 숱이 많았다. 눈두덩이 붓고 충혈됐어도 검은 눈동자가 유난히 반짝이는 눈이었다.

"죽어도 때깔 좋은 귀신으로 남아야 해."

앨리스의 손이 반사적으로 그 애에게 내밀어졌다. 조난자 처지에서 순식간에 119 구조대원으로 변신한 기분이었다. 신기했다. 꼴찌인 자신이 그 애의 구조원이 될 수 있다는 사실이.

"수업 제낄래?"

그 애도 만만찮게 나왔다. 두 범생이의 모험은 그렇게 시작되었다.

그날 둘은 학교 근처 떡볶잇집과 피시방, 패스트푸드점, 노래방까지 전전하며 밤늦게까지 같이 보냈다. 노래방에서는 취하도록 맥주도 마셨다. 그것이 무알코올 맥주였다는 건 나중에야 알았다.

"수업 빠지는 거 난생처음이야."

"나도."

"술 마시는 것도 처음이야."

"나도."

"친구도 네가 처음이야."

"그래?"

'언제나 1등'의 찬란함 뒤에 따라붙는 그늘이었다.

"우리, 다음에도 이런 이벤트 가끔 벌이자."

앨리스가 제안했다.

"좋아!"

헤어지기 직전, 둘은 손가락을 걸었다.

그것이 마지막이었다. 약속은 지켜지지 않았다. 그날 이후 앨리스는 그 애를 잊고 지냈다. 그 애를 다시 본 게 바로 그날이었다.

나른한 오후, 무심히 창밖을 내다보고 있던 교실에서였다. 꼭대기 옥상에서 시커먼 그림자를 느끼는 순간 불길한 예감이 스쳤다. 벼락이라도 맞듯 그 애의 눈과 마주쳤다. 잘 있어, 친구! 그 애가 깊고 슬픈 눈으로 유리창 너머에서 앨리스에게 한 마지막 작별 인사였다. 우뚝한 곳에 홀로 있던, 모두가 동경했던 아이가 마지막으로 향한 곳은 단단하고 차갑고 어두운 바닥이었다. 그 추락에는 앨리스 자신의 무관심, 그리고 지키지 않은 약속이 포함돼 있었다.

― 친구도 네가 처음이야.

그런 고백을 듣고도 무심할 수 있었다니.

앨리스는 눈물이 났다.

*

"얼마라 캤능교?"

영감은 잘못 들었다는 듯 큰 소리로 되물었다.

"이백오십이요, 영감님. 이백오십만 원."

바이크 대리점 주인이 계산기를 내려놓으며 큰 소리로 또박또박 금액을 되풀이했다.

영감은 여전히 믿기지 않는다는 인상이었다.

"아니, 오도바이를 통째로 사는 것도 아이고 손 쪼매 보는 데 드는 돈이……."

웬만한 바이크 한 대 값에 해당하는 수리 비용을 영감이 납득하기는 어려워 보였다.

영감은 멍한 표정으로 우두커니 서 있었다. 그 돈을 모으려면 얼마만큼의 폐지를 모아야 하는지 눈으로 그려보고 있는 것 같았다. 폐지 더미가 산 하나를 이루며 영감의 시야를 가로막고 선 것처럼 막막해하는 표정이었다. 영감을 납득시키기 힘들다는 걸 안 주인 남자는 체념한 목소리로 말했다.

"외제 명품 바이크라 아무 데서나 구할 수도 없는 부품들이에요."

남자는 할 테면 하고 말 테면 말라는 식이었다.

아무리 외제에 명품이라 하더라도 바이크 부속품 몇 개를 산 하나와 맞바꾼다는 건 불공평해 보였다. 아니 말도 안 되는 소리였다. 영감은 망연자실 도로만 바라보았다. 찬우는 풀 죽은 모습으로 할아버지 눈치만 흘끔흘끔 살폈다. 가게 앞에 죽 늘어선 여러 대의 바이크는 그들 곁에서 너무도 눈부신 자태로 서 있었다.

"우짜겠능교. 딸라 빚이라도 내서 고쳐야제."

마침내 결심을 굳힌 듯 영감이 말했다. 목이 잠겨 들어 탁한 목소리였다.

"아, 그러시겠어요."

대리점 주인 남자는 의외라는 표정이었다.

"원래대로 만들어주소. 감쪽같그러……."

영감은 그렇게 당부하고 가게를 나섰다.

크윽 퉤! 영감은 목구멍 깊은 곳에서 돋워 올린 가래침을 보도 옆 하수구에 시원스레 내뱉었다. 그런 다음 가로수 늘어선 보도를 걸어갔다. 찬우 녀석은 마지못한 듯 할아버지 옆에 붙어 섰고 빔은 한 걸음 처져 그들 뒤를 따랐다.

가로수는 여전히 헐벗은 채였다. 앙상한 가지가 기괴한 모양새를 하고 있었다. 뼈대를 이루는 줄기에서 뻗어나간 굵은 가지에 손가락뼈를 닮은 여러 개의 작은 가지들이 삐죽삐죽 솟아나 있었다. 투명한 햇살이 앙상한 가지 사이를 지나고 있었다. 가지를 통과한 빛은 X광선처럼 할아버지와 손자의 몸을 투과하듯 지났다. 헐벗은 가로수 두 그루가 걸어가고 있는 것 같았다. 터덜터덜 걷는 영감의 걸음과 찬우 녀석의 절룩거리는 걸음은 보조가 잘 맞았다.

"찬우야! 이리 쫌 와보거래이."

집으로 들어선 영감은 서랍장부터 뒤적이더니 찬우 녀석을 불렀다.

"니놈 고등학교 들어가모, 한번 폼 나게 쓸라꼬 꼬불쳐뒀던 긴데……. 사람 사는 일, 한치 앞을 우예 알겠노."

영감은 서랍장에 오랫동안 꽁꽁 숨겨둔 뭔가를 꺼내놓았다. 손때 묻어 반들거리는 통장과 나무 도장이었다. 다른 은행과 합병해

이제는 이름마저 없어진 은행의 통장. 만든 지 십 년은 족히 넘어
보였다.

"자, 오백만 원이다. 인자 니가 알아서 해라. 오도바이 수리비 하
고, 남는 걸로 병원비 하고, 그라고 또 남으마 나중에 학비에 보태
쓰등가. 나도 더는 모리겠데이."

통장을 내미는 영감의 모습은 유산 정리라도 하듯 비장해 보
였다.

찬우 녀석은 인상을 구겼다 폈다 하면서 잠자코 듣고만 있었다.
빔에게 맞은 흔적이 얼굴에 또렷이 남아 있었다. 눈 주위와 뺨이
부어올라 있었다.

"이눔아, 가서 쏘주나 한 벵 갖고 온나!"

통장을 넘겨준 영감은 홀가분한 목소리로 말했다. 무거운 짐에
서 벗어난 걸 자축하려는 듯. 하지만 찬우 녀석은 표정을 일그러뜨
린 채 자리에서 꼼짝도 하지 않았다.

"머 하노. 소주나 한 벵 갖고 오라카이."

못 들은 척 잠자코 있던 찬우는 통장과 도장을 챙겨 들더니 자
리에서 벌떡 일어섰다. 녀석은 현관 입구에 던져놓은 점퍼를 집어
들고 밖으로 나섰다. 이내 현관문이 쾅 닫혔다.

"찬우 너, 거기 안 서!"

빔이 서둘러 녀석의 뒤를 쫓으며 외쳤다. 녀석은 이미 대문 밖을
나서고 있었다.

에이 씨발. 녀석은 짧은 욕설을 뱉어내더니 절뚝거리며 골목길을 벗어났다. 빔은 놈의 뒷모습을 멀거니 보고 서 있었다. 걷는 꼬락서니로 봐서는 100미터도 못 가 주저앉을 게 뻔했다. 그럼에도 녀석이 통장을 챙겨 들고 나갔다는 사실이 마음에 걸렸다. 그 절반은 할리 수리비였던 것이다.

"거참, 방구 뿜은 놈이 성낸다 카더만."

영감이 허탈한 웃음과 함께 한마디 내뱉었다.

빔은 찬우 녀석을 대신해 싱크대 아래 칸에 있던 소주 하나를 집어 들었다.

"찬우 놈 성질 가라앉으모 지 발로 걸어 들어올끼라. 걱정 말아라."

빔이 건네는 소주병을 받아 들며 영감이 한마디 했다. 빔의 속내를 짐작하고 하는 말처럼 들렸다.

"그놈이 좀 삐딱해 보이긴 해도 속은 깊은 놈이거든."

빔을 안심시키기 위한 것인지 영감은 툭하면 손자 녀석에 대한 자랑과 기대를 내비쳤다.

"그놈 키우는 거 빼마 내사 무슨 낙이 있겠노. 그래도 이거 때문에 버티제."

영감은 술잔을 들어 단숨에 잔을 비우고는 왕소금 몇 개를 집어 먹었다.

그는 벌써 세 번째 잔을 따르고 있었다. 떨리는 손으로 술을 따르고 단숨에 술잔을 들이켠다. 잔마다 '완 샷'이었다.

영감의 등 뒤쪽, 텔레비전 위에 가족사진이 놓여 있었다. 촬영용 안락의자에 푹 파묻혀 앉은 아기를 중심으로 젊은 부부가 나란히 서서 찍은 장면이었다. 돌 기념사진 같았다. 녀석은 세상에 난 지 삼백육십오 일, 꼭 그만큼 산 것처럼 보였다. 깨어 있는 시간보다 먹고 자는 데 더 많은 시간을 보낸 얼굴. 아톰처럼 머리 한쪽이 뾰족 치솟은 아기는 놀란 듯 눈을 크게 뜨고 정면을 응시하고 있었다. 찬우 녀석이었다. 눈을 동그랗게 뜨니 초점이 맞지 않는 눈동자가 더 또렷이 보였다. 사진 속 엄마 아빠의 눈은 정상이었다. 눈은 할아버지에게서 손자로 한 대를 걸러 유전한 것 같았다. 그것이 손자와 할아버지가 함께 살아야 하는 어쩔 수 없는 운명의 징표이기라도 한 듯.

들여다볼수록 묘한 분위기가 풍기는 사진이었다. 여느 집 가족사진과는 달랐다. 엄마 아빠의 표정부터 그랬다. 두 사람은 사진관을 나서면 뒤도 돌아보지 않고 제 갈 길로 가버릴 것처럼 냉랭한 분위기였다. 가운데 자리 잡은 아기가 양면테이프처럼 간신히 둘을 붙들어 놓고 있었다. 빔의 가족보다 더 일찍 울타리에 구멍이 난 가족으로 보였다.

그런 경우에 비하면 빔 자신의 가족사는 그나마 나은 편이라는 생각이 들었다. 아버지 없는 삶은 그렇다 쳐도 엄마나 누나 없는 생활은 상상이 잘 가지 않았다. 더욱이 술꾼인 늙은 할아버지와 단

둘이 살아야 하는 상황이라니.

"어— 취한다."

소주 한 병을 말끔히 해치운 영감은 상을 밀쳐놓고는, 비틀거리며 자신의 방으로 들어갔다. 퀴퀴하고 담배 냄새가 잔뜩 밴, 겨우 두 다리 뻗고 누울 정도의 골방이 영감의 방이었다. 그는 옷도 벗지 않은 채 그대로 뻗어버렸다.

밤이 깊었지만 찬우 녀석은 감감무소식이었다.

그르르 그르르— 취한 영감의 코 고는 소리만 집을 그득 메웠다.

녀석이 정말 그 돈을 들고 튄 건 아닐까.

빔은 할리와 함께 이 집에 그대로 발목 잡힐까 봐 겁이 났다.

한번씩 영감의 발작적인 기침 소리가 빔의 가슴을 짓눌렀다.

"에이, 씨발."

반가운 한마디가 자정 무렵 날아들었다. 찬우 녀석이 돌아온 것이다. 마루로 들어선 녀석은 빔은 본체만체 제 방으로 곧장 들어가버렸다. 빔은 녀석이 돌아와 준 것만으로도 고마운 나머지 시건방진 태도 같은 건 아무렇지도 않았다.

영감이 뻗은 골방과 찬우 녀석의 방, 둘 사이에 있는 좁은 마루가 빔의 차지였다.

다음 날, 찬우 녀석은 꼼짝도 하지 못했다. 전날 무리한 티가 역력했다. 더 놀라운 건 영감이었다. 사고 당한 찬우 놈이야 그렇다 쳐도, 영감마저 다음 날 일어나지 못했다. 무엇이 화근이었는지 알

수 없었다. 술 때문인지 그날 밤과 엉켜 뒹군 몸싸움의 후유증인
지, 마지막 남은 재산을 바닥낸 데 대한 허탈함 때문인지…….

"집구석이 어예 하루아침에 병실로 둔갑해쁘리는고."

영감의 넋두리가 온 집 안에 눅눅하게 깔렸다.

황당한 일이 아닐 수 없었다. 손자와 할아버지가 약속이라도 한
듯 같이 드러눕다니. 각자 방을 차지하고 널브러져 있는 손자와 할
아버지, 둘의 모습은 물론 집 구석구석의 꾀죄죄하고 흉물스러운
광경에 빔은 당장이라도 뛰쳐나가고 싶은 심정이었다. 하지만 집
을 나선다고 해도 딱히 갈 곳도 없었다. 할리가 완전히 고쳐질 때
까지 그들과 같이 지내는 게 상책이었다.

너덜거리는 기침 소리가 흘러나오는 영감의 방에서 마루의 가
족사진을 지나 찬우 녀석이 누운 방까지, 반원형으로 시선을 옮기
다 보면 이 집안에 얽힌 지난 이야기가 병풍 그림 보듯 선명하게
떠올랐다. 문제는 병풍 속 그림이 한갓진 산수화가 아니라 칙칙하
고 살벌한 다큐멘터리 사진 같다는 점이었다. 집 안 분위기도 그랬
다. 벽과 천장에는 균열이 가고 바닥에는 눅눅한 곰팡내가 묻어나
온종일 기분이 납덩이처럼 가라앉았다. 아니, 그런 불편함은 차라
리 둘째 문제였다. 그들의 집은 낯설고 불편한 게 아니라, 갈수록
친숙해서 문제였다. 빔이 한때 살았던 옛집 분위기와 너무도 닮아
있었던 것이다. 빔은 시간을 거슬러, 지난날의 한 시기에 내던져진
듯한 기분이었다. 그것도 결코 돌아보고 싶지 않은 한 시기에.

"찬우야, 다리는 좀 어떻노?"

손자를 걱정하는 영감의 둔중한 목소리가 마루로 흘러나왔다. 꺼칠꺼칠한 그의 목소리는 무기력하게 집 안을 떠돌다 울퉁불퉁한 장판 바닥으로 가라앉았다. 그들과 한 지붕 밑에 있으니 빔도 자꾸 처지는 기분이었다.

찬우 녀석은 못 들은 척 대꾸도 없었다. 방에 드러누운 이후로 녀석은 천장만 멀거니 쳐다보고 있었다.

"찬우 니, 머 먹고 싶은 거 없나?"

영감의 말에 빔은 대체 뭘 믿고 저러나 싶었다. 냉장고에는 김치통 하나와 계란 몇 개, 그리고 언제 사다 놓았는지 알 수 없는 쉰내 나는 두부 한 모와 누렇게 시든 파 몇 뿌리가 들어 있을 뿐이었다. 이 집에서 냉장고란 부패해가는 속도를 최대한 늦추는, 모터 달린 찬장에 불과했다. 그럼에도 그것은 규칙적인 소음을 지속적으로 일으키며 제 역할을 해내고 있었다.

윙윙 드글드글드글…….

윙윙 드글드글드글…….

"찬우 니, 엄마 한번 안 찾아가 볼래? 언제까지 이 할애비하고 살끼라꼬."

영감의 말이 시든 파뿌리처럼 기운 없이 흘러나왔다.

"아, 할아버지, 됐거든. 내가 그 집구석엘 왜 찾아가? 찬밥 신세 될 거 뻔한데."

녀석이 울컥 짜증을 쏟아냈다.

할아버지와 손자의 신랄한 대화가 빔이 차지한 마루를 사이에 두고 단속적으로 오갔다. 그러다 한번 대화가 끊기면 집은 한동안 침묵의 늪에 빠져들었다.

숨 막힐 듯한 고요를 이따금 냉장고 모터 소리가 윙윙거리며 파고들었다.

위잉 윙 드글드글드글—

위잉 윙 드글드글드글—

그 소리는 한번씩 빔을 긴장시켰다. 익어가는 김치에서 뿜어져 나오는 가스가 밀폐된 냉장고를 폭파시킬 것만 같았다. 그런 우려는 영감의 기침 소리가 한번씩 발작적으로 터져 나오고 괘종 소리가 삼십 분 간격으로 울려 퍼질 때마다 극에 달했다.

그들과 한 지붕 아래 있는 내내 빔의 가슴에는 겨울 새벽의 면도날 같은 바람이 몰아쳤다. 그럴 때면 찬우 녀석의 방이 출구 역할을 해주었다. 헌책방을 연상시키는 그곳은 틀어박히기 좋은 서재였다. 이 지하 방에 빛과 바람을 불어넣어 주는 창문 같은 것이었다. 빔에게 컴퓨터가 그랬듯…….

그렇게 하루하루 버티면서 빔은 어서 빨리 할리가 고쳐지기만 기다렸다. 이 숨 막히는 집을 탈출할 수 있도록.

*

"그래서, 할리에 올라보니 어떻든······?"

빔이 8권과 12권이 빠진 스무 권짜리 만화책 마지막 권을 내려놓으며 물었다.

"구름에 오른 기분이었어, 시커먼 먹장구름. 다른 게 눈에 하나도 안 들어오더라고. 그러니 사고가 안 나?"

찬우 녀석이 신랄하게 대답했다.

빔은 먹장구름에 소나기 세례까지 받은 녀석의 얼굴을 흘끗 보았다. 눈두덩과 왼쪽 뺨의 시퍼렇던 멍이 어느새 누런빛을 띠기 시작하면서 가라앉을 낌새였다.

며칠 한 지붕 아래 지내면서 둘은 부쩍 가까워져 있었다.

뎅 뎅 뎅.

괘종시계 소리가 둘의 대화 속으로 불쑥 끼어드는가 싶더니 영감의 발작적인 기침 소리가 이어졌다.

"저놈의 괘종시계 좀 없애버릴 수 없어? 노이로제 걸리겠다."

빔이 짜증스럽게 말했다.

"할아방 잔소리나 기침 소리보단 백번 낫지. 저래 봬도 저게 한 번씩 숨통을 틔워준다고."

녀석이 괘종시계를 쳐다보며 말했다.

"찬우 너, 초딩 때는 공부 좀 했나 보더라."

빔은 화제를 돌렸다.

"어릴 적 신동 소리 한번 안 듣고 자란 애가 어디 있다고."

"난 그런 소리 들은 적 한 번도 없는데."

"형이 희귀종이네."

녀석이 다 본 만화책 내려놓으며 대꾸했다.

"넌 왜 학교를 생략하려는 거냐?"

빔이 찬우 녀석의 표현을 흉내 내어 한마디 했다.

"이만한 학교가 어딨어? 땡전 한 푼 안 내는. 전 세계 내로라는 먹물형 인간들 죄다 모셔놓고 있는데."

찬우가 자신의 방을 둘러보며 답했다. 틀린 말도 아니었다. 교양, 사상에서 세계문학 전집까지 고전들이 한자리에 모여 있으니.

"짜식, 헌책방 같은 거 하나 가지고 유세는. 학교가 뭐 공부만 하러 다니는 덴 줄 아냐?"

"그럼……?"

"친구도 있지, 운동장도 있지, 또…… 급식도 주잖아."

찬우는 피식 웃음을 터뜨렸다.

"하긴, 가끔 식판에 담긴 밥이 먹고 싶을 때가 있더라고."

이야기는 거기서 잠시 끊겼다.

중단된 대화의 틈을 냉장고 모터 소리와 영감의 기침 소리가 한 번씩 비집고 들었다.

"넌 말이야, 내가 보기에 '온로드' 형이거든……."

뜬금없는 말에 찬우 녀석이 눈을 치켜떴다.

빔은 카페지기한테서 들었던 '온로드'와 '오프로드' 두 유형을 비교해가며 찬우에게 나름의 '썰'을 풀어놓았다. 그동안 만난 사람들한테서 귀동냥했던 말들이 제법 요긴하게 쓰였다.

"그러니까 너한텐 학교가 맞다 이거지. 나처럼 오프로드를 택하지 않은 이상."

*

할리는 일주일 만에 원래 모습을 되찾았다.

"진짜 완벽한 성형이네."

감탄이 절로 나올 만큼 감쪽같았다. 사고 흔적 같은 건 눈을 씻고 보아도 찾을 수 없었다.

"돈 잡아먹는 명품이야."

찬우의 말대로 그것은 할리의 또 다른 얼굴이었다. 영감에게 숨겨둔 비상금이 더 이상 없다면, 유산 절반을 집어삼킨 셈이었다. 그나마 다행인 건 빔의 할리가 이전 모습을 되찾기 직전, 찬우의 다리가 씻은 듯이 나았다는 사실이다.

"야, 타!"

새로 태어난 할리에 오른 빔이 찬우에게 외쳤다.

찬우는 할리 뒷자리에 선뜻 올랐다. 사고의 기억 따윈 까맣게 잊은 듯. 녀석도 그동안 방바닥만 긁어대고 있었으니 그럴 만했다. 할리의 편하고 익숙한 촉감, 엔진의 미세한 진동이 빔의 엉덩이에서 온몸으로 전해왔다.

빔은 도심을 가로질러 달렸다. 익숙한 도심 풍경이 휙휙 스쳤다. 처음엔 그저 지나칠 생각이었던 곳이었으나 예기치 않은 일에 발목 잡히는 바람에 가장 오래 머문 곳이 돼버렸다.

도심을 통과해 외곽으로 빠져나오자 한가로운 시골 풍경이 나타났다. 빔은 속도를 한껏 높였다.

"와우~"

찬우 녀석이 괴성을 지르며 환호했다. 완전히 다른 세상 속으로 뛰어든 기분이었다.

이끼 낀 돌다리를 건너 야산 기슭의 마을을 지났다. 마을로 들어서는 초입에 활짝 핀 벚나무 몇 그루가 보였다. 정오의 햇빛을 온몸으로 받은 벚나무는 신비로운 발광체였다.

― 우리 거기 가볼래? P라는 곳. 이 땅의 맨 끝.

이 여행을 시작하게 만들었던 앨리스의 말이 귓전에 맴돌았다. 여기까지 올 수 있었던 것도 돌이켜보면 앨리스 덕이었다. 앨리스를 만난다는 기대와 희망이 없었다면 선뜻 나설 수 없는 여행이었다. 할리 문제에 정신이 뺏겨 한동안 앨리스 일은 잠시 밀려나 있었다. 오히려 다행인지도 몰랐다. 앨리스의 폭탄선언이 가져온 충격에서 벗어나 있을 수 있었으므로. 빔은 뒷자리에 앨리스를 태운 듯 행복한 환상에 젖어 맘껏 달렸다.

"형, 이제 그만 돌아가!"

즐거운 질주에 제동이 걸렸다.

"아, 짜식. 왜 벌써 돌아가?"

빔이 짜증스럽게 외쳤다.

"실컷 달렸잖아."

"처음에는 소리 지르고 혼자 난리 치더니만, 변덕도……."

빔은 투덜거리며 속도를 늦추었다.

"늙은 할아방한테 빌붙어 사는 게 뭐 그리 쉬운 줄 알아?"

녀석이 궁시렁댔다.

"짜식, 안 그런 척하면서 할아버지 눈치는 되게 보네."

빔은 방향을 바꾸어 왔던 길을 거슬러 달리기 시작했다. 오면서 보지 못했던 것들이 새삼 눈에 들어왔다. 도로변에 늘어선 나직한 점포들과 재래시장 입구, 노점상도 보였다. 빔에게는 어느새 서울 만큼이나 친숙하게 느껴지는 도시였다.

"찬우 너, 혼자 한번 타볼래?"

빔이 할리에서 내리면서 말했다.

"농담도 참 무책임하게 하네."

그러면서 찬우는 고개를 저었다.

"한번 타봐. 이제 자신감 생겼을 거 아냐."

"됐어. 멍석 깔아주면 뭔 재미야."

찬우는 손을 내저었다.

"멍석도 아니고 먹장구름도 아니거든. 흰 뭉게구름 탄 기분으로 한번 타보라고."

"싫어. 나하곤 어울리지도 않아. 할리가 거부반응 일으켜 결국 그런 사고 난 거 아냐."

"짜식, 똥고집은. 너 정말 이거 타고 싶지 않냐?"

"나 참. 그거 형네 어머니 몸 팔아서 산 거라며."

찬우는 혀를 차더니 한마디 더 덧붙였다.

"누구나 할리 탐낼 거라는 거, 그거 할리 주인의 오만이자 착각이야."

녀석의 말이 채찍처럼 빔의 가슴을 후려쳤다.

그녀에게

"이 영화 괜찮아. 소재도 독특하고 감동적이야."

DVD방 주인 여자가 권한 영화였다.

재킷을 받아들기 전까지만 해도 빔은 평범한 가정주부 같은 주인 여자의 안목을 믿기 어려웠다. 그래도 그녀가 골라준 영화를 보기로 다짐했다. K시에 대한 기념으로.

마지막 의식이라도 치르듯 빔은 그 영화 감상을 끝으로 K시를 떠나기로 한 것이다. 재킷을 들여다보고는 주인 여자의 선택에 감탄했다. 빔이 좋아하는 감독의 작품이었다.「내 어머니의 모든 것」을 만들었던 감독의 또 하나의 명작「그녀에게」였다. 추천해준 DVD방의 '그녀'에게 진심으로 감사하지 않을 수 없었다.

베니그노는 간호사. 이십 년 동안 어머니 병간호를 해오다 그걸 직업으로 택하게 된 별 볼일 없는 남자다. 그의 삶의 유일한 즐거움은 집 건너편에 있는 무용 강습소에서 춤추는 발레리나의 모습을 훔쳐보는 것. 하지만 발레리나 알리샤는 그에게 관심이 없다. 눈 씻고 찾아봐도 베니그노는 매력적인 구석이라곤 없으니까. 간호사로 일하던 어느 날, 뜻밖의 기회가 그를 찾아온다. 먼발치에서 바라보기만 해왔던 알리샤가 꿈처럼 그의 품에 안긴 것이다. 코마 상태에 빠진 환자로. 간호사에게 환자만큼 가까운 관계가 있을까. 난 오롯이 당신의 것. 그녀는 온몸으로 그렇게 말하며 침대에 누워 있다. 갓난아기를 돌보는 엄마처럼, 베니그노는 알리샤를 돌본다. 샴푸로 그녀의 부드러운 머리를 감기고, 그녀의 다리 사이에서 생리혈을 닦아내고, 온몸을 마사지하고, 옷을 갈아입히고, 같이 산책도 한다. 이 바보야, 그 여잔 죽은 거나 다름없어. 누군가 베니그노를 일깨운다. 그건 사랑도 아니야! 하지만 어떤 조언도 베니그노에겐 들리지 않았다. 그는 알고 있다. 그것은 한 가지 방법으로밖에 대화할 줄 모르는 사람들의 편견 때문이라는 걸. 마침내 알리샤와 사랑을 나누는 베니그노. 사랑에는 역시나 마법 같은 구석이 있었다. 그녀는 거짓말처럼 침대에서 몸을 일으킨다. 그리고 다시 몸을 움직여 춤추기 시작한다. 하지만 베니그노는 그녀 곁에서 사라진 후였다. 자신의 사랑을 그녀에게 완전히 쏟아부은 베니그노는 마침내, 편견에 사로잡힌 세상을 탈출한다. 수면제 한 줌을 삼키고…….

음악도 영상도 대사도 어느 하나 소홀하지 않은 명작이었다.

사랑한다면 베니그노처럼.

길을 보여주는 영화였다.

DVD방을 나오면서 빔은 가야 할 길을 정했다.

*

앨리스는 기뻤다. 게시판 사진이 '업뎃' 되어 있었던 것이다. 빔의 여행이 계속되고 있다는 증거였다. 이번에는 놀랍게도 동네 골목길 풍경이 담긴 사진이었다. 황혼에서 황혼 직전까지, 24시간 변해가는 골목길 모습을 얼마나 세세하게 잡아내었는지 마치 동영상을 보는 것 같았다.

빔의 여행은 평탄한 아스팔트 길만 달리는 게 아니었다. 골목 구석구석을 헤집고 다니며 발품 파는 작업이었다. 사진은 빔이 세상과 부딪쳐가며 이뤄낸 땀의 결실이었다. 카페에서 신선한 바람을 불러일으킨 그의 여행은 어느새 회원들의 로망으로 자리 잡아가고 있었다.

빔은 바깥 생활에 제대로 적응한 것처럼 보였다. 패로디처럼 실패하고 돌아오는 일 같은 건 없었으면, 하고 바라면서도 앨리스는 그가 이 카페를 완전히 떠날까 봐 걱정스러웠다. 그럴 때마다 앨리스는 언젠가 빔이 내비쳤던 미래의 꿈을 떠올리며 위안을 삼았다. 이곳 회원들과 함께 바이크 여행을 하고 싶다던…….

패로디는 빔의 계획에도 코웃음 쳤다.

— 빔, 너나 잘하셈. 난 절대 동참하고 싶지 않으니. 그런 건 일시적인 바람에 지나지 않으니까.

사진 아래 달린 흔치 않은 악플의 주인공은 거의 패로디였다. 패로디는 좌절의 경험에서 얻은 부정적인 확신으로 가득 차 있었다. 어떤 회원은 패로디에게 '제2의 나분열'이라는 딱지를 붙이기도 했다.

패로디가 오프라인 만남을 제안했을 때도 한번쯤 의심해봤어야 했다. 결국 앨리스 자신만 돌이킬 수 없는 잘못을 저지른 셈이었다. 바람맞은 이후 앨리스는 지금까지 카페에서 한 번도 패로디를 만나지 못했다. 패로디는 어쩌면 일부러 앨리스를 피하는 건지도 몰랐다. 아니면 증상이 더 심해졌거나. 이곳은 그런 이유로 한 번씩 잠수를 타는 회원들이 적지 않았다. 사공이나 빔, 앨리스 같은 경우는 그래도 양호한 편이었다. 서로 대화하는 부류에 속했으니까. 자신의 존재를 전혀 드러내지 않고 유령처럼 떠돌기만 하는 '좀비' 회원도 많았다. 온라인에서 존재감이 드러나는 것조차 꺼리는 것이었다. 카페 회원이라는 사실만으로도 최악의 경우는 아닐 터이다. 접속조차 못하는 이들은 또 얼마나 많을까. 가족들 외에는 존재조차 알 수 없는 외톨이 중의 외톨이들. 그런 생각을 할 때마다 앨리스는 묵직한 뭔가가 가슴을 짓누르는 느낌이었다.

—그런 거 네 탓 아니거든. 네 걱정이나 해. 세상 고민 다 짊어지려 하지 말고.

엄마 아빠가 앨리스에게 누누이 하는 말이었다.

앨리스는 자신에겐 생각만 있을 뿐 그 생각이 결코 행동으로까지 나아가지 못한다는 걸 잘 알고 있었다. 실천이 따르지 않는 생각이 얼마나 무책임한 것인지도 알았다. 또 그것이 얼마나 끔찍한 비극을 불러올 수 있는지도…….

'하이, 앨리스~'

갑자기 날아든 쪽지는 놀랍게도 패로디의 채팅 요청이었다.

—앨리스. 오랜만 ^^

—어, 패로디, 웬일이야, 접속도 통 않더니.

—뭔 소리, 접속 뚝 끊은 사람이 누군데.

생각해보니 앨리스 자신의 접속이 뜸했던 거였다. 패로디는 카페에서 계속 활개 치고 있었던 모양이다.

—대체 그날 어떻게 된 거야?

앨리스가 따지듯 물었다. 바람맞은 기억이 생생하게 떠올랐다.

—아, 그날? 네 봄 잠바 봐주기로 했던.

—그래. 얼마나 눈 빠지게 기다린 줄 알아?

—그 파스텔 톤 잠바? 그거, 너랑 따로 노는 느낌이었어.

─무슨 소리야……?

앨리스는 미심쩍어하며 되물었다.

─그날, 내가 너 바람맞힌 줄 알지?

─바람맞힌 게 아니면?

─그 잠바, 너한테는 아니었다니까.

─그럼 거기 왔던 거였어?

─물론. 네 앞에 나타나고 싶지 않았을 뿐이었다고.

앨리스는 소름이 돋았다.

─패로디, 정말 너무하는 거 아냐?

바람맞은 일보다 그 사실에 더 화가 났다.

─그러니까, 넌 숨어서 내 일거수일투족을 다 보고 있었다는 거 잖아.

─어쩔 수 없었어. 갑자기 기분이 그랬으니까. 그러니 난 약속 을 어긴 게 아니라고.

─그럼 사고 친 것도 봤겠네. 내가 정신없이 도망치던 것도.

─물론.

─세상에! 패로디, 너 정말…… 나쁜 X이구나.

앨리스는 도저히 화를 참을 수 없었다. 접속을 끊고 채팅방을 나 와 버렸다.

여행의 재구성

　대형 버스 한 대가 묵직한 경적을 울리며 달려왔다. 학생들이 탄 관광버스였다. 엷은 하늘색 교복 차림의 학생들 모습이 차창으로 비쳤다. 낯선 별을 정처 없이 떠돌다 지구별 사람들과 마주친 것 같았다. 반갑기도 하고 부럽기도 했다. 그들이 앉아 있는 버스 안이 그렇게 포근해 보일 수 없었다. 유쾌하고 시끌벅적한 그 자리에 잠시라도 비집고 들었으면 싶었다. 떠들고 얘기하고 꾸벅꾸벅 졸기도 하면서 그들 속에 섞여 달려가고 싶었다. 하지만 버스는 빔의 그런 열망에는 관심 없다는 듯 시꺼먼 배기가스만 내뿜고 지나가 버렸다. 빔을 외계인 보듯 하던 학생들 눈빛만 길게 잔상으로 남았다.

빔은 사이드미러에 제 모습을 비춰보았다. 얼굴은 햇빛에 그을려 까무잡잡했고 눈은 떼꾼했다. 며칠째 감지 않은 머리는 기름기로 번들거렸다. 외계인이 아니라 난민 몰골이었다. 배도 고프고 졸음도 밀려왔다. 집 생각이 간절했다. 현관문을 열고 들어가 식탁에 차려진 음식을 먹어치우고 따뜻한 물에 목욕을 하고 늘어지게 한숨 잔다면 더 바랄 게 없을 것 같았다. 그런 달콤한 상상은 빔의 눈이 계기판 연료 게이지로 옮겨 가면서 무너졌다. 바늘이 어느새 빨간색 E로 옮겨 가 있었다. 기름 넣은 지 얼마나 되었다고. 할리의 연비는 스쿠터랑은 비교가 되지 않았다. 주유소부터 찾아야 했다.

2, 3킬로미터쯤 달리고 나자 멀리 주유소 닮은 건물이 하나 눈에 띄었다. 정유 회사 간판과 만국기도 어렴풋이 보였다. 가까이 갈수록 주유소라는 확신은 들었으나 분위기가 영 썰렁해 보였다. 만국기는 절반 이상이 떨어져 나갔고 그나마 달려 있는 것들은 빛이 바래고 찢겨 있었다. 폐업한 주유소였다. 주유 호스가 바닥에 뒹굴고 소주병과 종이컵, 담배꽁초 등이 마당을 굴러다녔다. 화장실 문은 반쯤 떨어진 채였다. 안 들어가 봐도 그 안이 어떨지 눈에 선했다. 변기는 배설물과 휴지로 막혀 있고 발 들여놓기 힘들 정도로 악취가 풍길 것이다.

폐업한 주유소는 「바그다드 카페」 도입부 못지않게 을씨년스러웠다. 사무실 유리창은 먼지가 보얗게 낀 채 군데군데 금이 가고 깨져 있었다. 깨진 유리 틈새로 들여다본 사무실 안은 술판을 벌인 흔적이 적나라했다. 그 현장의 주인공들도 얼핏 비쳤다. 질펀한 술자리의 주역들은 다들 술병과 함께 바닥에 나뒹그러져 있었다. 밤새 술을 마시다 취해 곯아떨어진 모양이었다. 사무실 문 앞에는 노랑과 파란색 스쿠터 두 대가 방치하듯 세워져 있었다. 제대로 달릴 수나 있을까 싶을 정도로 낡고 볼품없었지만 노랑과 파란색이 황량한 주유소 마당에 그나마 생기를 불어넣고 있었다.

*

빔은 마침내 영업 중인 주유소를 찾아냈다.

주유소 알바는 빨간 모자를 쓴 오십 대 아저씨였다. 모자만 없으면 밭일 하고 내려오는 농사꾼으로 보였을 것이다.

"얼마나 넣어주까?"

빨간 모자 아저씨가 물었다.

"가득 채워주세요."

리터당 가격을 확인하며 빔이 말했다. 기름값은 여전히 고공행진 중이었다.

멀리서 바이크 소리가 들려왔다. 여러 대의 바이크가 동시에 달릴 때 나는 소리다. 소리는 점점 가까워졌다. 빔의 시선은 반사적으로 도로로 향했다. 길 건너편 차선에서 소리의 주인공이 모습을 드러내는 순간, 빔은 심장이 멎는 줄 알았다. 그들이었다. 아홉 개 번호판의 주인들! 그들이 대열을 이루어 달리고 있었다. 헬멧을 써서 얼굴은 보이지 않았으나 그들이 분명했다.

빔은 잽싸게 고개를 숙여 몸을 감추었다. 속도가 약간 느리다는 점만 빼고는 지난번과 비슷한 질주였다. 그들은 뭔가를 찾아 나선 것처럼 보였다. 번호판, 아니 공동의 적! 여러 대의 바이크가 동시에 달리는 소리는 탱크 군단이라도 지나가는 것 같았다. 한적한 소읍의 도로를 일시에 전쟁터 분위기로 몰아넣었다. 빔은 진땀이 났다. 그들이 다 지나갈 때까지 주유 계량기에 몸을 감춘 채 숨죽이고 있었다. 그들이 다 지나가고 나서야 빔은 몸을 일으키고 계산을 했다. 빨간 모자 아저씨는 바위처럼 변함없는 표정으로 돈을 받고 거스름돈을 건네주었다.

도로로 접어들기 위해 흘끗 뒤를 돌아보는 순간, 빔은 다시 한 번 경악했다. 지나간 바이크족들이 사거리에서 방향을 돌려 다시 주유소 쪽으로 달려오고 있었던 것이다. 그들의 공동의 적을 향해.

빔은 정신없이 내달리기 시작했다. 스로틀을 감아올리며 한껏 속력을 냈다. 지난번 추격전의 악몽이 생생하게 떠올랐다. 아홉 대의 바이크가 쫓아오는 상상을 하자 심장이 쪼그라들 대로 쪼그라들었다. 빔은 달리고 또 달렸다. 여러 대의 바이크가 동시에 내는 엔진 소리와 배기음 그 자체만으로도 공포의 도가니였다. 소리의 위협 속에서 자신이라는 존재는 흔적도 없이 사라져버릴 것만 같았다. 갈림길이 나오자 빔은 대로를 포기하고 작은 길로 꺾어 들었다.

정신없이 달리다 보니 뒤에서 아무런 낌새가 느껴지지 않았다. 빔이 속도를 늦추고 흘끗 뒤돌아보았을 때 그들은 대로 위를 그대로 달려가고 있었다. 빔 같은 애송이야 안중에도 없다는 듯…… . 그들은 빔을 쫓아온 게 아니라 자신들의 목적지를 향해 달려가고 있었다. 달리는 뒷모습이 무심하고 태평스러워 보였다. 모두 일곱 대의 바이크였다. 번호판이 있는지 없는지는 확인할 수 없었다. 그들이 길에서 완전히 사라질 때까지 빔은 멍하니 지켜보고 서 있었다. 지레 겁먹었던 자신을 떠올리자 쪽팔린 기분이 들었다.

*

빔은 방향을 잃고 한참이나 도로를 헤매 다녔다. 그러다 다시 찾아든 게 폐주유소였다. 자신이 그곳을 찾아온 게 아니라 할리가 자신을 거기다 내려놓은 것 같았다. 또다시 이곳이라니. 혀를 차면서도 우연은 아니라는 생각이 들었다. 신비로운 기분에 사로잡혀 빔은 한참이나 그곳을 맴돌았다. 주유소 마당은 처음 분위기 그대로였다. 먼지가 보얗게 묻은 주유 계량기, 바닥에 떨어진 주유 호스, 위쪽 경첩이 망가져 반쯤 떨어져 나간 화장실 문, 늦가을 낙엽처럼 뒹구는 휴지 조각들, 구석 자리에 기우뚱 서 있는 공중전화 부스……. 달라진 게 하나 있긴 했다. 두 대였던 스쿠터 중 하나가 없어진 것이다. 파란색이 사라지고 노랑 스쿠터만 남아 있었다.

잠잠하던 사무실 안에서 부스럭거리는 소리가 났다. 인기척도 들렸다. 빔은 정신이 번쩍 들었다. 사무실 안에 쓰러져 있던 이들을 깜빡하고 있었던 것이다. 아니나 다를까, 소리의 주인공이 이내 정체를 드러냈다. 반쯤 열린 문 사이로 비죽이 몸을 내민 이는 빔 또래거나, 아니면 한두 살쯤 더 먹어 보이는 사내 녀석이었다. 취해 바닥에 널브러져 있던 녀석 가운데 하나였다. 노랗게 염색한 머리가 폭발하듯 뻗쳐 있는 쑥대머리였다.

"여, 이거 폼 나는 바이크족 행차시네. 씨바."

쑥대머리가 기분 나쁜 시선으로 빔을 훑어보더니 침을 찍 갈겼다.

머리부터 슬리퍼 신은 맨발 뒤꿈치까지 불량기가 흘렀다. 느닷없는 반말에 욕지거리까지, 빔은 기분이 상했다.

그 뒤로 또 한 녀석이 몸을 내밀었다. 놈은 쑥대머리와는 반대로 까까머리였다. 그 역시 바닥에서 금방 몸을 일으킨 티가 역력했다.

"오토바이로 유세 떠냐, 새끼야?"

까까머리가 인상을 구기며 앞으로 불쑥 나섰다. 무릎이 다 드러나도록 심하게 찢어진 청바지를 입은 녀석은 앞주머니에 양손을 찔러 넣은 채 구부정한 몸을 이리저리 흔들었다.

"카메라까지 들고 남의 아지트는 왜 기웃거리고 그래, 새꺄! 재
섭게."

쑥대머리가 빔의 손에 있는 카메라를 보며 말했다.

두 녀석 다 눈이 빨갛게 충혈되고 얼굴이 부스스했다. 일단 쪽수
에서 밀리니 피하는 게 상책이었다. 빔은 슬금슬금 뒷걸음질로 할
리를 향해 갔다.

"야, 똥폼 잡는 폭주족, 너 이리 좀 와봐!"

쑥대머리가 신경질적으로 한마디 내뱉었다.

"내 말 안 들려, 새꺄!"

"야 이 씹새야, 형님이 와보라는데, 너 죽고 싶어 환장했어?"

까까머리는 빔이 할리에 오르는 걸 보며 소리쳤다. 빔은 잽싸게
할리에 올라 시동부터 걸었다.

까까머리가 뛰어나와 할리를 가로막아 서려 했으나 빔이 일 초
더 빨랐다.

"야, 너 거기 안 서?"

쑥대머리가 소리쳤다.

"너라면 서겠냐, 씨발 새끼야! 쌩 양아치 날라리 같은 새끼들
이."

빔은 녀석들을 향해 속 시원히 내갈겼다. 그것도 모자라 놈들을
향해 돌아서서 한마디 더 날렸다.

"꼴같잖은 스쿠터나 타는 주제에!"

그 한마디에 녀석들 머리 뚜껑이 확 열린 것 같았다.

"저 씹새가, 야, 너 거기 안 서!"

"우리가 못 따라잡을 줄 아나 보지?"

놈들 움직임도 놀랍도록 빨랐다. 잽싸게 스쿠터에 올라타고는 빔의 뒤를 쫓기 시작한 것이다. 꼴같잖던 스쿠터 위력이 빔의 예상을 초월했다. 달리는 속도도 폭주족 뺨칠 수준이었다. 빔은 정신없이 내달렸다. 놈들한테 걸려들면 무슨 봉변을 당할지 알 수 없었다.

스로틀을 계속 감아올렸다. 하지만 시속 100킬로미터 이상은 겁이 나서 달릴 수 없었다. 몇백 미터 못 가 노랑 스쿠터가 빔 바로 뒤에 따라붙었다. 아찔했다. 아니나 다를까, 놈들은 금세 할리를 따라잡았다. 빔 바로 곁에서 달리는가 싶더니 이내 할리를 추월했다. 머리가 쭈뼛 섰다. 노랑 스쿠터는 빔 앞을 가로막다시피 앞에서 달리는가 싶으면 어느새 속도를 늦추어 다시 왼쪽 또는 오른쪽 옆으로 바싹 붙어 달렸다. 녀석들은 이리저리 곡예 운전으로 빔을 위협해 왔다.

녀석들이 살짝 앞서 간 틈을 타서 빔은 속도를 늦추었다. 그러고는 오른쪽으로 난 좁은 논둑길로 방향을 꺾었다. 급회전하느라 하마터면 중심을 잃고 쓰러질 뻔했다. 간신히 중심을 잡아 넘어지는 건 피했다. 놈들 역시 이내 방향을 바꾸어 빔을 쫓아왔다. 비포장 논둑길을 달리는 건 생각만큼 쉽지 않았다. 이런 게 오프로드인가,

싶었다. 돌부리도 많고 움푹움푹 팬 곳도 많아 속도를 낼 수 없었다. 그럼에도 다급한 나머지 무리하게 속도를 내다가 할리는 논둑길 중간쯤에서 중심을 잃고 넘어졌다. 그와 동시에 빔의 몸은 튕겨나가 논바닥에 떨어졌다.

이내 뒤따라온 녀석들이 스쿠터를 멈췄다. 녀석들은 스쿠터에서 내려 논바닥에 엎어져 있는 빔을 내려다보았다.

"꼴좋다, 새끼야! 똥폼 잡으며 거들먹거리더니."

쑥대머리가 한마디 내뱉고는 침을 찍 내갈겼다.

그러더니 녀석들은 빔 따위는 안중에도 없다는 듯, 쓰러진 할리를 일으켜 세웠다.

"새끼, 어울리지 않게 바이크 하나는 끝내주네!"

쑥대머리가 할리를 들여다보며 감탄을 쏟아놓았다.

"이거 타면 바이크족 기분 제대로 나겠는걸."

까까머리는 할리에 묻은 흙을 털어내느라 바빴다.

놈들은 스쿠터는 팽개쳐놓은 채 할리에만 온통 정신이 팔려 있었다.

쑥대머리는 사이드미러에 묻은 먼지를 자신의 옷소매로 깨끗이 닦아내더니 할리에 걸터앉았다. 계기판을 유심히 들여다보더니 이것저것 조작하기 시작했다.

"내 바이크에 손대지 마, 새끼야!"

빔이 쑥대머리 등 뒤를 덮쳐 할리에서 끌어 내렸다. 쑥대머리가 바닥으로 미끄러져 내리고 빔이 할리를 붙잡으려는 순간, 까까머리가 빔의 허리를 걸어찼다. 빔은 바닥에 고꾸라졌다.

"이 새끼, 아직 정신 못 차렸나 보네."

쑥대머리가 빔의 가슴을 몇 차례나 발길질해댔다. 하지만 빔도 쉽게 물러서지 않았다. 할리에 오르려는 쑥대머리를 끝까지 물고 늘어졌다. 까까머리가 뒤에서 덮쳐 빔을 끌어 내렸다. 둘은 논둑길에서 엎치락뒤치락 뒹굴다가 논으로 굴렀다. 그러는 사이 쑥대머리는 다시 할리에 올랐다. 시동 거는 소리에 이어 엔진 소리가 들려왔다. 까까머리의 숱한 주먹질과 발길질로 빔은 완전히 나가떨어져 논바닥에 널브러졌다. 찝찔하고 비릿한 피 냄새가 입안 가득 감돌았다. 흠씬 두들겨 맞고 늘어진 몸은 나른했다.

두둥 두둥 엔진 소리가 들리더니 할리는 먼지를 일으키며 털털 논둑길을 지나갔다. 새 주인을 태운 할리는 평탄한 아스팔트 길로 접어들더니 박진감 넘치는 소리와 함께 부드럽고 빠르게 내달렸다. 행운의 번호판도 서서히 멀어져갔다. 동고동락했던 친구를 떠나보내는 듯한 쓰라림으로 빔은 사라져가는 할리를 멀거니 바라보았다. 할리는 곧은 길 위에서 점처럼 사라져갔다. 아릿한 상실감과 함께 마음 깊숙이 응어리진 그 무엇도 같이 빠져나갔다. 언젠가부터 빔의 가슴 깊숙이 자리 잡고 있던 막연한 빚덩이 같은 것이었다. 할리가 그들 가족에게 오기까지의 과정을 떠올려보면 그랬다.

논바닥에 축 널브러진 몸이 구름을 타고 누운 듯 점점 가벼워지는 기분이었다. 푸른 하늘에 간간이 구름이 떠 있었다. 하얀 구름도 있고 한쪽에는 잿빛 구름도 있었다.

— 그거…… 할리 주인의 오만이자 착각이야.

찬우의 한마디가 떠올랐다.

그는 끝까지 할리를 거부했다. 녀석 말이 맞았다. 할리를 해결사로 떠올린 건 빔 자신의 오만이자 착각이었다. 찬우에게 주려 했던 건 바이크가 아니라 마음의 짐이었다. 할리라는 근사한 이름으로 그 짐을 떠넘기려 했던 것이다. 할리는 빔은 물론 찬우에게도 어울리지 않았다. 곰곰 돌이켜보니 찬우 녀석도 온로드 형은 아니었다.

동네 어귀 미루나무 끝에 걸려 있던 구름이 어느덧 도로변 가로수까지 흘러가 있었다.

빔은 간신히 몸을 추슬러 일어났다.

새끼들, 양심이 바닥은 아니네.

놈들의 노랑 스쿠터가 논둑길에 그대로 남아 있었다. 빔의 배낭과 헬멧도 한쪽에 내팽개쳐 있었다. 배낭에서 나온 아홉 개의 번호판이 근처 바닥에 쏟아져 있었다. 빔은 그것들을 주섬주섬 집어 다시 배낭에 챙겨 넣었다. 배낭을 스쿠터 뒷자리에 올려놓다가 빔은 얼핏 미러에 비친 자신의 얼굴을 보았다. 더 가까이 다가가 자세히 들여다보니 눈두덩이 벌겋게 부어올랐고 터진 입술은 피가 말라붙어 더께가 생겼다. 난민에서 패잔병으로 탈바꿈한 몰골이었다. 논두렁 한쪽에 나뒹굴고 있는 헬멧을 집어 들었다. 헬멧이 이토록 요긴해 보이기는 처음이었다. 그걸로 상처투성이 얼굴을 가릴 수 있었다.

어설퍼 보이던 스쿠터는 생각보다 잘 나갔다. 할리에서 스쿠터로 바꿔 타니, 갑옷을 벗고 평상복으로 갈아입은 것 같았다. 몸도 마음도 가벼웠다. 그동안 할리 때문에 가슴 졸인 일이 얼마나 많았던가 싶었다. 할리의 무게에 짓눌려 있었다는 사실도 모른 채였다. 여행의 주인공은 할리였고 빔 자신은 조연에 지나지 않았음을, 놈을 떠나보내고 알았다. 할리는 자유를 위해 치러야 했던 비용이었다.

투둑— 투둑— 난데없이 빗방울이 듣기 시작했다. 머리 위 하늘이 어느새 먹구름으로 덮여 있었다. 봄비였다. 여행 나서고 처음으로 맞는 비…… . 빗방울이 점점 굵어졌다. 빔은 서둘러 달렸다. 비부터 피해야 했다. 그가 찾아든 곳은 또다시 그곳, 폐주유소였다. 세 번째 찾는 곳이었다. 주유소 마당은 여전히 황량하고 어수선했다. 놈들이 다 빠져나간 사무실은 텅 비어 있었다. 빔은 술판이 벌어졌던 녀석들의 아지트에 발을 들여놓았다. 어수선하긴 해도 온기가 묻어났다. 두꺼운 종이 상자가 바닥에 깔려 있고 얇은 담요 쪼가리도 뒹굴었다. 낡은 철제 책상 위에는 새우깡과 감자칩 등 먹다 남긴 스낵류 안주도 흩어져 있었다.

빔은 낡은 의자에 담요를 깔고 앉았다. 뻐근한 몸을 의자 등받이에 비스듬히 기대고 깨진 창으로 밖을 내다보았다. 메마른 세상이 봄비에 젖어들고 있었다. 비에 젖은 먼지 냄새가 났다. 주변의 논밭 냄새, 아스팔트 바닥 냄새, 비릿한 꽃자리 냄새 같은 것도 감돌았다.

빔의 시선은 다시 을씨년스러운 주유소 마당으로 옮겨 갔다. 이 폐주유소를 자꾸 맴도는 일이 우연 때문은 아닐 거라는 생각이 들었다. 동네 양아치들 아지트라는 걸 알면서 왜 다시 이곳을 찾았을까? 할리의 운명은 그때 이미 예정돼 있었던 셈이다.

비는 쉽게 그칠 것 같지 않았다. 습관처럼 빔은 카메라를 꺼내 들여다보았다. 액정화면에 그동안의 일들이 차례로 모습을 드러냈다. 지금까지 거쳐 온 길들이 고스란히 담겨 있는, 시간이 녹아든 기억의 창고 같은 것. 서해의 낙조, 완강하고 도도한 성벽에 막혀 끝내 들어가 볼 수 없었던 K시의 유적지, 시시각각 변해가는 골목길, 폐주유소의 황량한 마당, 반쯤 열린 문 앞에 서 있는 노랑과 파란색 스쿠터 두 대…….

마지막 사진들에 빔의 눈길이 머물렀다. 빔은 그것들을 반대로 돌려보다가 다시 주유소 사진으로 돌아왔다. 먼지가 보얗게 묻은 주유 계량기, 바닥에 떨어진 주유 호스, 위쪽 경첩이 망가져 반쯤 떨어져 나간 화장실 문, 뒹구는 휴지 조각들, 노랑과 파란색 스쿠터, 마당 한쪽 구석에 있는 공중전화 부스. 그것들을 무수히 되풀이해 보고 나서야 빔은 의문이 풀리는 것 같았다. 자신이 왜 자꾸 이 스산하고 황량한 곳을 맴돌았는지. 이곳은 「파리, 텍사스」 같은 곳이었다. 또한 「주유소 습격사건」과 「바그다드 카페」를 떠오르게 하는 곳이었다. 빔 자신의 꿈이 깃든 성전(聖殿)이자 서른일곱 개 모니터의 중심이 되는 곳…….

빔은 사무실을 나섰다. 스산하기 그지없던 주유소 마당이 습기를 머금고 차분히 가라앉아 있었다. 빔은 그곳을 한동안 서성거렸다. 구석 자리에 서 있는 공중전화 부스가 빔의 눈에 들어왔다. 오랫동안 사람들 발길이 끊긴 부스를 전화기가 덩그러니 지키고 있었다. 집 생각이 났다. 가족들 생각도 간절했다. 빔의 걸음이 반사적으로 부스 쪽으로 옮겨졌다. 막상 전화기 앞에 서니 묵직한 뭔가가 가슴을 짓눌러 왔다. 잃어버린 할리 때문이었다. 그것이 가족에게 어떤 물건인지 잘 알고 있었다. 이 사실을 알면 어떤 반응을 보일까. 구체적인 현실 앞에 마음이 무거웠다.

사실 그 정도 각오하지 않은 건 아니지. 빔은 마음을 다잡았다. 논바닥에서 몸을 일으킬 때 이미 각오한 일이었다.

빔은 수화기를 들었다. 꿀걱, 동전 삼키는 소리에 이어 긴 발신음이 들렸다. 여섯 번의 발신음 끝에 전화선을 타고 목소리가 흘러나왔다. 반갑고도 두려웠다.

"엄마, 나야."

빔은 애써 밝은 목소리로 말했다.

"빔, 누나야. 집 나서고도 아직 엄마 타령이니?"

대뜸 나무라는 소리였다.

"아, 누나!"

누나의 일침에 빔은 가슴이 서늘해졌다.

"여행은 잘돼가고 있어?"

"실은, 할리 때문에 잠도 편하게 못 자겠더라고."

빔은 은근슬쩍 할리 문제로 넘어갔다.

할리를 잃었다는 말 대신, 그것이 이 여행에서 얼마나 부담스러운 존재인지 그동안 있었던 일 몇 가지를 들어가며 말했다.

"그깟 오토바이 하나가 뭐 별거라고. 그냥 속 편하게 타고 다녀."

대수롭지 않게 받아넘기며 누나는 빔의 소심함을 나무라기까지 했다.

"사실은 누나……."

빔은 할리를 잃은 사실을 털어놓기로 했다.

뜻밖의 소식에도 누나는 처음부터 끝까지 빔의 이야기를 조용히 듣고만 있었다.

"차라리 잘됐어. 그거, 처음부터 우리랑 인연이 없는 거였어."

다 듣고 난 누나의 목소리는 냉정하리만치 차분했다. 누나는 더이상 세상의 어떤 일에도 놀라거나 충격을 받는 일 따윈 없을 것 같은 태도였다. 누나는 이미 어른이 돼 있었고, 그중에서도 한 수 높은 차원의 어른으로 보였다.

"빔, 알지? 이제 집안의 가장은 누나라는 거."

현실을 일깨우는 서슬 퍼런 한마디.

부스 안이 갑자기 무중력상태로 변했다. 빔은 허공에 붕 뜬 느낌이었다. 손에 든 수화기조차 아무런 무게가 느껴지지 않았고, 누나의 목소리는 아득히 먼 어느 낯선 별에서 들려오는 것 같았다.

"하지만 누나……."

빔의 목소리가 떨리고 있었다.

"제발 정신 차려, 빔! 엄마는 이 세상에 없어. 이제 너와 나 둘뿐이라고!"

그들에게 닥쳐왔던 '세 번째' 그날을 일깨우는 말이었다.

꿈에 부풀어 시작한 새 삶이 일 년도 채 되지 않았을 때, 그들 가족에게 세 번째 그날은 기어이 오고 말았다. 난데없이 재발한 엄마의 우울증, 그것이 비극의 결정적 원인이었다. 여느 날과 다름없던 그날 새벽…….

영화 보느라 밤을 꼬박 밝힌 빔에게 새벽은 늘 허기와 갈증으로 시작됐다. 음식 냄새가 희미하게 밴 주방은 창으로 흘러드는 여명에 간신히 그 모습을 드러냈다. 식탁 위에는 물을 따라 마신 물병과 잔, 그리고 엄마가 장 봐 온 마트 쇼핑백이 놓여 있었다. 엄마가 그날 요리해서 식탁에 가득 차려놓을 식료품이 그대로 담긴 채였다. 희미하게 풍겨나는 술 냄새……. 식탁 의자 하나가 주방 마룻바닥 한가운데 나둥그러져 있었다. 그리고 다음 순간, 영화의 한 장면 같은 광경이 눈에 잡혔다. 순간적으로 뒷걸음질 쳤다. 허공에

뜬 허연 맨발, 그것이 공기를 가르며 살며시 흔들리고 있었다. 빔은 그 자리에 맥없이 주저앉았다. 엄마의 우울증은 결국 처참한 종말을 맞았다. 가족이란 울타리는 하루아침에 허물어졌다. 현실에서 발을 뗀 엄마의 모습을 본 그 순간부터, 빔은 현실이라는 바닥에 발을 붙이기 어려웠다. 세상은 현실과 비현실이 마구 뒤엉켜 존재했고 그것을 구분하기란 쉽지 않았다. 아니 구분하고 싶지가 않았다.

—현실을 인정해, 빔.

누나가 말했다.

—인정하지 않는다고 그게 사라지니, 이 엄연한 현실이?

누나는 번번이 강조했고 그때마다 빔은 고개를 저었다.

—이 집안에서 현실주의자는 누나로 족해. 난 싫어!

그런 다툼은 둘 사이에 지겹도록 되풀이되었다.

비릿한 풀 냄새가 맡아졌다. 지나가는 자동차 소리, 멀리 새소리도 들렸다. 소리와 냄새가 유난히 생생하게 느껴졌다.

빔은 수화기를 내려놓았다. 딸깍, 소리와 함께 어두운 기억 하나가 속에서 빠져나가는 느낌이었다.

비는 어느새 그쳐 있었다. 봄비에 씻긴 세상은 더없이 맑고 투명했다. 촉촉이 젖은 아스팔트가 빔을 유혹했다. 출발해야 되지 않겠어. 곁에 선 노랑 스쿠터도 그렇게 재촉했다.

이 여행이 엄마와 앨리스에 힘입어 시작한 것이라면 이제는 오

로지 빔 자신의 의지와 선택으로 떠나야 했다. 이 낡은 스쿠터와
함께.

길은 봄비에 젖어 반짝이고 있었다. 빔은 다시 스쿠터에 올라 P
를 향해 출발했다.

*

"잘했어! 그렇게 자기 감정을 솔직히 드러내는 게 좋아."

뜻밖에도 장의사가 칭찬을 했다.

앨리스가 패로디와의 일을 털어놓았을 때였다. 욕까지 하며 일
방적으로 접속을 끊었던 일이 앨리스는 계속 마음에 걸렸다. 접속
을 끊고 나온 뒤부터 자책에 시달리기 시작했다.

"정말 아무 일 없을까요, 패로디한테?"

앨리스의 거듭된 물음이었다. 그 일 이후로 패로디가 접속을 하
지 않고 있었던 것이다.

"그 친구가 잘못한 일이잖아. 비난받아 마땅한 친구 처지까지
헤아리는 건 주제넘은 일이라고."

장의사가 나무라듯 말했다.

"그래도…… 적응에 실패하고 돌아온 친구한테……."

곰곰 돌이켜보면 딱히 패로디가 잘못한 것도 없었다. 앨리스와

의 약속을 어긴 것도 아니었고, 스스로의 증상 때문에 앨리스 앞에 나타날 수 없었을 뿐이었다.

"그 친구는 진아가 이런 걱정 하고 있는 거 알면 기분 나빠할걸. 같은 처지에 잘난 척한다고."

장이 반농담조로 말했다.

앨리스의 눈길은 장의 가운 중간 단추쯤에 머물러 있었다. 지난번처럼 그의 눈을 똑바로 쳐다볼 자신이 없었다.

"걱정 마. 누구든 자신의 감정을 표현할 자유와 권리가 있으니까."

장이 거듭 안심시키며 말했다.

"그래도 선생님, 무심한 것보다는 낫겠죠? 무심한 것보다는……."

앨리스는 그때 일을 떠올리며 말했다. 자신의 무관심이 가져온 죄의식을 또렷이 느끼며.

"진아가 누구한테 그렇게 무심했던 적이 있었나? 늘 배려가 지나쳐 탈이었지."

"그, 그건, 잘 모르고 하시는 말씀이세요."

앨리스가 떠듬거리며 말했다.

화를 참지 못하고 패로디와의 채팅을 끊고 나오면서 앨리스에게 그때 사건이 불쑥 떠올랐다. 넌 왜 그렇게 무심했니. 내겐 하나뿐인 친구였는데……. 그 애의 눈빛이 생생하게 살아났다. 그 인상이 패러디에게 겹쳐지면서 앨리스는 새롭게 패러디에 대한 죄의식에 사로잡혔던 것이다.

"그럼, 내가 잘 모르고 있는 얘기 한번 털어놔 보라고."

장이 앨리스 눈치를 살피며 부드럽게 말했다.

둘 사이에 한동안 무거운 침묵이 흘렀다.

지금껏 앨리스가 그 일을 털어놓은 적은 한 번도 없었다. 장의사는 물론 엄마 아빠, 친구, 어느 누구에게도. 그 애가 앨리스의 가슴 저 깊은 곳에 뛰어내린 그날 이후로 그 일은 오로지 앨리스 마음속에 꼭꼭 숨어 있었다.

말보다 눈물이 앞섰다.

장이 책상 위의 티슈를 뽑아 앨리스에게 내밀었다.

다섯 번째 티슈를 적셔내고 난 다음에야 앨리스는 떠듬떠듬 말을 꺼냈다. 오랫동안 가슴속에 파묻어 두었던 그날의 사고, 그 애에 관한 이야기…….

*

빔은 마을로 접어드는 갓길에 잠시 멈췄다. 길을 묻기 위해서였다. 마침 노인 하나가 마을 어귀로 들어서던 참이었다. 넓적한 은빛 스테인리스 통을 등에 멘 늙은 농부였다. 듬성듬성 난 그의 수

염과 머리칼은 물론, 눈썹까지 희었다.

"할아버지, P로 가려면 어느 쪽으로 가야 하나요?"

귀가 어두운지 노인은 잘 못 알아듣는 눈치였다. 빔이 다시 한 번 또박또박 큰 소리로 되풀이해 물었다. 그제야 노인은 고개를 끄덕이며 목장갑을 벗었다.

"쩌그, 큰길 보이제. 거서 오른쪽으로 꺾어져서 좀 가다 보면 이정표 나올 거여. 그거 보고 따라가면 돼."

노인이 장갑 벗은 손으로 사거리 쪽 도로를 가리켰다.

"근데 이건 무슨 나무들이에요, 할아버지?"

빔은 도로변에 길게 줄지어 선 가로수를 가리켰다.

"벚나무 아녀, 벚나무."

그런 싱거운 질문을 왜 하느냐는 듯 노인이 말했다.

"무슨 벚나무가 이래요?"

꽃이 활짝 핀 벚나무만 봐왔던 빔은 눈을 동그랗게 떴다.

"꽃 이파리가 다 떨어져부렀응게 글치. 그게 꽃자리 아녀, 꽃자리."

"벚꽃이 벌써 다 졌다고요?"

집 나설 때만 해도 '상춘객' 운운하며 벚꽃 피는 시기를 예고하는 방송이 흘러나오곤 했다. 그런데 벌써 꽃이 져버렸다니…… 한 계절이 다 가버린 느낌이었다.

"꽃이 워디 사람 기다려주는 거 봤간. 눈 한번 깜짝할 새여, 피고

지는 거."

노인은 눈곱 낀 눈을 끔벅거리며 말했다.

"꽃이나 사람이나 존 시절 한때여, 한때."

노인은 검버섯 핀 손등으로 허벅지를 몇 번 툭툭 치더니 멀어져 갔다. 등에 멘 금속통이 쏘아내는 빛으로 노인의 뒷모습은 눈부셨다.

가지가 드러난 벚나무들이 뻘긋뻘긋한 기운을 내뿜으며 아스팔트 길을 따라 머쓱하게 늘어서 있었다. 공기는 희부옇고 아스팔트 위로 황사 바람이 불었다. 활짝 피어난 절정기의 벚꽃나무가 아닌, 꽃이 지고 난 뒤 꽃자리만 남은 벚나무……. 메마른 바람이 윙윙 가슴속을 헤집고 다니더니 빔의 눈에 차츰 그 나무의 매력이 들어오기 시작했다.

빔은 카메라를 꺼냈다. 아무도 주목하지 않는, 꽃자리투성이 벚나무를 담을 생각이었다. 앨리스라면 이런 낯선 장면도 좋아할 것 같았다. 한 컷 한 컷 풍경을 정성스레 담았다. 그러면서 빔은 깨달았다. 사람들이 휩쓸고 지나간 길, 그 길을 따라가며 그들이 놓친 것을 보여주는 것, 그것이 진짜 자신의 몫일지 모른다는.

─빔, 이 여행에 동참할 수 있게 해주어 고마워.

지난밤, 게시판 사진에 달린 앨리스의 댓글이 떠올랐다. 지금껏 앨리스가 자신의 여행에 함께해왔다는 사실에 빔은 가슴이 뭉클했다. 온라인이 앨리스에게는 보통 사람들의 오프라인 세상이나 다름없다는 걸 빔은 잠시 잊고 있었다.

빔은 다시 스쿠터에 올랐다. 뒷자리에 앨리스를 태우고 있다는 사실을 잊지 않았다. 그러자 앨리스가 두 팔을 빔의 허리에 감고 얼굴을 빔의 등에 살짝 기대 왔다. 마른 바람이 물기를 머금은 듯 부드러워졌고 도로변에 뒤섞여 난 잡풀들이 향기를 솔솔 내뿜었다. 주위의 모든 것이 활기차게 살아 움직였다. 빔은 앨리스를 위해 속도를 조절하고, 앨리스를 위해 자세를 낮추었다. 그리고 거침 없이 달렸다.

마침내 길의 끝, 목적지 P가 보이기 시작했다. 낯설면서도 익숙하게 다가오는 풍경.

— 저기야, 앨리스!

빔이 외쳤다. 영화 속 명대사처럼 들리는 한마디였다.

— 드디어 목적지에 닿았네, 빔. 축하해!

바람이 앨리스 말을 실어 왔다.

빔은 천천히 스쿠터를 멈추었다. 길의 끝에, 기다리고 있었다는 듯 바다가 펼쳐졌다. 쏟아져 내리는 햇빛이 물 표면에서 반사되어 반짝였다. 길을 비껴 난 한쪽에 비틀린 소나무 한 그루가 서 있었다. 영화 마지막 장면에서 주인공만큼이나 강렬한 인상을 내뿜던 나무. 뿌리까지 바람이 키워온 듯한 모습의 소나무가 길과 바다를 이어주고 있었다. 빔은 나무에 등을 기대고 앉아 바다를 바라보았다.

— 결국 해냈군, 아들. 장하다.

엄마의 찬사가 파도에 실려 왔다. 미소를 머금은 채 엄마는 한동안 빔을 바라보았다. 흐뭇하고 대견해하는 표정이었다. 그 푸르고 환한 미소는 이내 포말처럼 반짝이며 흩어졌다. 넘실거리는 물결과 함께 엄마는 수평선 끝으로 멀어져갔다.

잘 가, 매정한 엄마! 빔은 엄마를 향해 살짝 손을 들어 보였다. 오랜 집착과 미련 끝에 이루어진, 하지만 산뜻한 결별이었다. 엄마가 사라져간 수평선 위로 그동안 거쳐 온 길들이 파노라마처럼 펼쳐졌다. 길에서 만난 사람들도 하나둘 모습을 드러냈다. 빔의 여행에 기꺼이 또는 우연히 동행하게 된 이들, 그들과 함께 했던 일들이 한 장면 한 장면 생생하게 떠올랐다. 어긋나고 서툴고 쓸쓸한 일투성이였지만 어느 하나 소중하지 않은 건 없어 보였다.

끊임없이 부딪혀오는 바람을 맞으며 빔은 또 하나의 진실을 깨달았다. 마침내 당도한 이곳, P는 이 여행의 목적지가 아니라는 걸. 이곳은 바로 '턴'하는 지점이라는 걸……

이 책을 나는 집에서 시작해 집 밖에서 쓰다가 다시 집으로 돌아와 완성했다. 그러면서 한 여름을 보냈고 또 새 여름을 맞게 됐다. 글을 쓰는 내내 작가인 내가 빔을 닮았다는 생각을 많이 했다. 기대와 열정에 차 나서긴 했으나 나 역시 길을 잃고 헤매기 일쑤였다. 준비가 허술했고 경험이 적어 서툴렀다. 마음은 조급했으나 그럴수록 길은 더 보이지 않았다. 목적지에 제대로 도착할 수 있을지 한숨짓던 적도 많았다. 그때마다 '인간은 노력하는 한 방황한다.'는 말에 기댔다.

오프로드 그 자체인 여행이었다. 낯선 길 위에서 거친 바람을 맞으며 좌충우돌 갈팡질팡했다. 그 덕에 얻은 것도 많았다. 헤매면서

배웠고 방황하면서 깨우쳤다. 녹록지 않은 여정에 몸과 마음이 두어 뼘은 자라났을 빔처럼 나 역시 작가로서 성장통을 앓은 작품이다. 그만큼 애틋하고 각별하다.

이 여행에 기꺼이 동행해준 이들, 그중에서도 창비 편집진을 빼놓을 수 없다. 길을 잃고 헤맬 때 그들은 세심한 조언을 아끼지 않았으며 지쳐 나둥그러졌을 때 위안이 돼주었다. 무엇보다 그들은 이 힘들고 지루한 여행에 함께하는 걸 끝까지 포기하지 않았다. 결실의 반은 그들 몫이다.

길 위에서 빔과 내가 마셨던 먼지와 바람 냄새가 이 책을 읽는 이들에게 전해졌으면 좋겠다. 그들도 우리처럼 헤매고 숨차하며, 또한 그것이 얼마나 신나고 멋진 일인지 알게 되면 좋겠다. 그리하여 언젠가 그들이 집을 나설 때, 부족하나마 이 책이 작은 나침반 역할이라도 할 수 있다면 더 바랄 게 없겠다.

이 책은 『라일락 피면』에 실렸던 단편 「널 위해 준비했어」를 모티프로 했음을 밝혀둔다.

2010 여름
표명희

창비청소년문학 32

오프로드 다이어리

초판 1쇄 발행 • 2010년 7월 30일
초판 7쇄 발행 • 2020년 11월 2일

지은이 • 표명희
펴낸이 • 강일우
책임편집 • 이하나
펴낸곳 • (주)창비
등록 • 1986년 8월 5일 제85호
주소 • 10881 경기도 파주시 회동길 184
전화 • 031-955-3333
팩시밀리 • 영업 031-955-3399 편집 031-955-3400
홈페이지 • www.changbi.com
전자우편 • ya@changbi.com

© 표명희 2010
ISBN 978-89-364-5632-0 43810

* 이 책 내용의 전부 또는 일부를 재사용하려면
  반드시 저작권자와 창비 양측의 동의를 받아야 합니다.
* 책값은 뒤표지에 표시되어 있습니다.